D1157890

El lugar sin límites

José Donoso

El lugar sin límites

EL LUGAR SIN LÍMITES
© 1966, José Donoso

De esta edición:
© 1995, Aguilar, Altea, Taurus, Alfaguara, S.A. de C.V.
Av. Universidad 767, Col. del Valle
México, 03100, D.F. Teléfono 688 8966

- Ediciones Santillana S.A.
  Carrera 13 N° 63-39, Piso 12. Bogotá.
- Santillana S.A.
  Juan Bravo 38. 28006, Madrid.
- Santillana S.A., Avda San Felipe 731. Lima.
- Editorial Santillana S.A.
  4ta, entre 5ta y 6ta, transversal. Caracas 106. Caracas.
- Editorial Santillana Inc.
  P.O. Box 5462 Hato Rey, Puerto Rico, 00919.
- Santillana Publishing Company Inc.
  901 W. Walnut St., Compton, Ca. 90220-5109. USA.
- Ediciones Santillana S.A.(ROU)
  Boulevar España 2418, Bajo. Montevideo.
- Aguilar, Altea, Taurus, Alfaguara, S.A.
  Beazley 3860, 1437. Buenos Aires.
- Aguilar Chilena de Ediciones Ltda.
  Pedro de Valdivia 942. Santiago.
- Santillana de Costa Rica, S.A.
  Av. 10 (entre calles 35 y 37)
  Los Yoses, San José, C.R.

Primera edición en México: septiembre de 1995

This edition is distributed in the United States by Vintage Books, a division of Random House, Inc., New York, and in Canada by Random House of Canada Limited, Toronto.

ISBN: 968-19-0264-5

Diseño:
Proyecto de Enric Satué
© Cubierta: Carlos Aguirre
© Foto: Gerardo Suter
Impreso en México

Para Rita y Carlos Fuentes

Fausto: *Primero te interrogaré acerca del infierno.*
Dime, ¿dónde queda el lugar que los hombres llaman infierno;
Mefistófeles: *Debajo del cielo.*
Fausto: *Sí, pero, ¿en qué lugar?*
Mefistófeles: *En las entrañas de estos elementos.*
Donde somos torturados y permanecemos siempre.
El infierno no tiene límites, ni queda circunscrito a un solo lugar, porque el infierno es aquí donde estamos
y aquí donde es el infierno tenemos que permanecer...

MARLOWE, *Doctor Fausto*

Hell has no limits & is not
circumscribed
In one self place, but
where we are is hell,
and where hell is,
there must we ever be.

I

La Manuela despegó con dificultad sus ojos lagañosos, se estiró apenas y volcándose hacia el lado opuesto de donde dormía la Japonesita, alargó la mano para tomar el reloj. Cinco para las diez. Misa de once. Las lagañas latigudas volvieron a sellar sus párpados en cuanto puso el reloj sobre el cajón junto a la cama. Por lo menos media hora antes que su hija le pidiera el desayuno. Frotó la lengua contra su encía despoblada: como aserrín caliente y la respiración de huevo podrido. Por tomar tanto chacolí para apurar a los hombres y cerrar temprano. Dio un respingo —¡claro!— abrió los ojos y se sentó en la cama: Pancho Vega andaba en el pueblo. Se cubrió los hombros con el chal rosado revuelto a los pies del lado donde dormía su hija. Sí. Anoche le vinieron con ese cuento. Que tuviera cuidado porque su camión andaba por ahí, su camión ñato, colorado, con doble llanta en las ruedas traseras. Al principio la Manuela no creyó nada porque sabía que gracias a Dios Pancho Vega tenía otra querencia ahora, por el rumbo de Pelarco, donde estaba haciendo unos fletes de orujo muy buenos. Pero al poco rato, cuando había casi olvidado lo que le dijeron del camión, oyó la bocina en la otra calle frente al correo. Casi cinco minutos seguidos estaría tocando, ronca e insistente, como para volver loca a cualquiera. Así le daba por tocar cuando estaba borracho. El idiota creía que era chistoso. Entonces la Manuela le fue a decir a su hija que mejor cerraran temprano, para qué exponerse, tenía miedo que pasara lo de la otra vez. La Japonesita advirtió a las chiquillas que se arreglaran pronto con los clientes o que los despacharan: que se acordaran del año pasado, cuando Pancho Vega anduvo en el pueblo para la vendimia y se presentó en su casa con una pandilla de amigotes prepotentes y llenos de vino — capaz que hasta hubiera corrido sangre si en eso no llega don Alejandro Cruz que los obligó a portarse en forma comedida y como se aburrieron, se fueron. Pero decían que después Pancho Vega andaba furioso por ahí jurando:

—A las dos me las voy a montar bien montadas, a la Japonesita y al maricón del papá...

La Manuela se levantó de la cama y comenzó a ponerse los pantalones. Pancho podía estar en el pueblo todavía... Sus manos duras, pesadas, como de piedra, como de fierro, sí, las recordaba. El año pasado al muy animal se le puso entre ceja y ceja que bailara español. Que había oído decir que cuando la fiesta se animaba con el chacolí de la temporada, y cuando los parroquianos eran gente de confianza, la Manuela se ponía un vestido colorado con lunares blancos, muy bonito, y bailaba español. ¡Cómo no! ¡Macho bruto! ¡A él van a estar bailándole, mírenlo nomás! Eso lo hago yo para los caballeros, para los amigos, no para los rotos hediondos a patas como ustedes ni para peones alzados que se creen una gran cosa porque andan con la paga de la semana en el bolsillo... y sus pobres mujeres deslomándose con el lavado en el rancho para que los chiquillos no se mueran de hambre mientras los lindos piden vino y ponche y hasta fuerte... no. Y como había tomado de más, les dijo eso, exactamente. Entonces Pancho y sus amigos se enojaron. Empezaron por trancar el negocio y romper una cantidad de botellas y platos y desparramar los panes y los fiambres y el vino por el suelo. Después, mientras uno le retorcía el brazo, los otros le sacaron la ropa y poniéndole su famoso vestido de española a la fuerza se lo rajaron entero. Habían comenzado a molestar a la Japonesita cuando llegó don Alejo, como por milagro, como si lo hubieran invocado. Tan bueno él. Si hasta cara de Tatita Dios tenía, con sus ojos como de loza azulina y sus bigotes y cejas de nieve.

Se arrodilló para sacar sus zapatos de debajo del catre y se sentó en la orilla para ponérselos. Había dormido mal. No sólo el chacolí, que hinchaba tanto. Es que quién sabe por qué los perros de don Alejo se pasaron la noche aullando en la viña... Iba a pasarse el día bostezando y sin fuerza para nada, con dolores en las piernas y en la espalda. Se amarró los cordones lentamente, con rosas dobles... al arrodillarse, allá en el fondo, debajo del catre, estaba su maleta. De cartón, con la pintura pelada y blanquizca en los bordes, amarrada con un cordel: contenía todas sus cosas. Y su vestido. Es decir, lo que esos brutos dejaron de su vestido tan lindo. Hoy, junto con despegar los ojos, no, mentira, anoche, quién sabe por qué y en cuanto le dijeron que Pancho Vega andaba en el pueblo, le entró la tentación de sacar su vestido otra vez. Hacía un año que no lo tocaba. ¡Qué insomnio, ni chacolí agriado, ni perros, ni dolor en las costillas! Sin hacer ruido para que su hija no se enojara, se inclinó de nuevo, sacó la maleta y la abrió. Un estropajo. Mejor ni tocarlo. Pero lo tocó. Alzó el corpiño... no, parece que no está tan estropeado, el escote, el sobaco... componerlo. Pasar la tarde de hoy domingo cosiendo al lado de la cocina para no entumirme. Jugar con los faldones y la cola, probármelo para que las chiquillas me digan de dónde tengo que entrarlo porque el año pasado enflaquecí tres kilos. Pero no tengo hilo. Arrancando un jironcito del extremo de la cola se lo metió en el bolsillo. En cuanto le sirviera el desayuno a su hija iba a alcanzar donde la Ludovinia para ver si entre sus cachivaches encontraba un poco de hilo colorado, del mismo tono. O parecido. En un pueblo como la Estación El Olivo no se podía ser exigente. Volvió a guardar la maleta debajo del catre. Sí, donde la Ludo, pero antes de salir debía cerciorarse de que Pancho se había ido, si es que era verdad que anoche estuvo. Porque bien podía ser que hubiera oído esos bocinazos en sueños como a veces durante el año le sucedía oír su vozarrón o sentir sus manos abusadoras, o que sólo hubiera imaginado los bocinazos de anoche recordando los del año pasado. Quién sabe. Tiritando se puso la camisa. Se arrebozó en el chal rosado, se acomodó sus dientes postizos y salió al patio con el vestido colgado al brazo. Alzando su pequeña cara arrugada como una pasa, sus fosas nasales negras y pelosas de yegua vieja se dilataron al sentir en el aire de la mañana nublada el aroma que deja la vendimia recién concluida.

Semidesnuda, llevando una hoja de periódico en la mano, la Lucy salió como una sonámbula de su pieza.

—¡Lucy!

Va apurada: tan traicioneros los vinos nuevos. Se encerró en el retrete que cabalga a la acequia del fondo del patio, junto al gallinero. Pero no, no voy a mandar a la Lucy. A la Clotilde sí.

—¡Oye, Cloty!

...con su cara de imbécil y sus brazos flacuchentos hundidos en el jaboncillo de la artesa entre el reflejo de las hojas del parrón.

—Mira, Cloty...

—Buenos días.

—¿Dónde anda la Nelly?

—En la calle, jugando con los chiquillos de aquí del lado. Tan buena con ella que es la señora, sabiendo lo que una es y todo...

Puta triste, puta de mal agüero. Se lo dijo a la Japonesita cuando asiló a la Clotilde hacía poco más de un mes. Y tan vieja. Quién iba a querer pasar para adentro con ella. Aunque en la noche, embrutecidos por el vino y con la piel hambrienta de otra piel, de cualquier piel con tal que fuera caliente y que se pudiera morder y apretar y lamer, los hombres no se daban cuenta ni con qué se acostaban, perro, vieja, cualquier cosa. La Clotilde trabajaba como una mula, sin protestar ni siquiera cuando la mandaban a arrastrar las javas de Cocacola de un lado para otro. Anoche le fue mal. Tenía entusiasmo el huaso gordo, pero cuando la Japonesita anunció que iba a cerrar, en vez de irse a la pieza con la Cloty dijo que iba a salir a la calle a vomitar y no volvió. Por suerte que ya había pagado el consumo.

—Quiero mandarla. ¿No ves que si Pancho anda por ahí yo no voy a poder ir a misa? Dile a la Nelly que se asome en toditas las calles y que me venga a avisar si ve el camión. Ella sabe, ese colorado. ¿Cómo me voy a quedar sin misa?

La Clotilde se secó las manos en su delantal.

—Ya voy.

—¿Hiciste fuego en la cocina?

—Todavía no.

—Entonces convídame unas brasitas para hacerle el desayuno a la niña.

Al agacharse sobre el brasero de la Clotilde para tomar carbones con una lata de conservas achatada, a la Manuela le crujió el espinazo. Va a llover. Ya no estoy para estas cosas. Hasta miedo al aire de la mañana le tenía ahora, miedo a la mañana sobre todo cuando le tenía miedo a tantas cosas y tosía, al agror en la boca del estómago y a los calambres en las encías, en la mañana temprano cuando todo es tan distinto a la noche abrigada por el fulgor del carburo y del vino y de los ojos despiertos, y las conversaciones de amigos y desconocidos en las mesas, y la plata que va cayendo peso a peso, en el bolsillo de su hija, que ya debía estar bien lleno. Abrió la puerta del salón, puso los carbones sobre las cenizas del brasero y encima colocó la tetera. Cortó un pan por la mitad, lo enmantequilló y mientras preparaba el platillo, a cuchara y a taza, canturreó muy despacio:

...tú la dejaste ir
vereda tropical...
Hazla voooolver
Aaaaaaaaaaaa mí...

Vieja estaría pero se iba a morir cantando y con las plumas puestas. En su maleta, debajo del catre, además de su vestido de española tenía unas plumas lloronas bastante apolilladas. La Ludo se las regaló hacía años para consolarla porque un hombre no le hizo caso... cuál hombre sería, ya no me acuerdo (uno de los tantos que cuando joven me hicieron sufrir). Si la fiesta se componía, y la rogaban un poquito, no le costaba nada ponerse las plumas aunque pareciera un espantapájaros y nada tuvieran que ver con su número de baile español. Para que la gente se riera, nada más, y la risa me envuelve y me acaricia y los aplausos y las felicitaciones y las luces, venga a tomar con nosotros mijita, lo que quiera, lo que quiera para que nos baile otra vez. ¡Qué tanto miedo al tal Pancho Vega! Estos hombrones de cejas gruesas y voces ásperas eran todos iguales: apenas oscurece comienzan a manosear. Y dejan todo impregnado con olor de aceite de maquinarias y a galpón y a cigarrillos baratos y a sudor... y los conchos de vino avinagrándose en el fondo de los vasos en las siete mesas sucias en la madrugada, mesas rengas, rayadas, todo claro, todo nítido ahora en la mañana y todas las mañanas. Y al lado de la silla donde estuvo sentado el gordo de la Clotilde, quedó un barrial porque el muy bruto no dejó de escupir en toda la noche — muela picada, dijo.

La tetera hirvió. Hoy mismo le iba a hablar a la Japonesita. Ya no estaba para andar preparándole el desayuno al alba después de trabajar toda la noche, con las ventoleras que entraban al salón por las ranuras de la calamina mal atornillada, donde las tejas se corrieron con el terremoto. A la Clotilde le iba tan mal en el salón que podían dejarla para sirviente. Y a la Nelly para los recados, y cuando creciera... Sí, que la Clotilde les llevara el desayuno a la cama. Qué otro trabajo quería a su edad. Además no era floja como las demás putas. La Lucy regresó a su pieza. Allí se echaría en su cama con las patas embarradas como una perra y se pasaría toda la tarde entre las sábanas inmundas, comiendo pan, durmiendo, engordando. Claro que por eso tenía tan buena clientela. Por lo gorda. A veces un caballero de lo más caballero hacía el viaje desde Duao para pasar la noche con ella. Decía que le gustaba oír el susurro de los muslos de la Lucy frotándose, blancos y blandos al bailar. Que a eso venía. No como la Japonesita que aunque quisiera ser puta la pobre, no le resultaría por lo flaca. Pero como patrona era de lo mejor. Eso no podía negarse. Tan ordenada y ahorrativa. Y todos los lunes en la mañana se iba a Talca en el tren a depositar las ganancias en el banco. Quién sabe cuánto tenía guardado. Nunca quiso decirle, aunque esa plata era tan suya como de la Japonesita. Y quién sabe qué iba a hacer con ella porque de gozarla no la gozaba. Jamás se compraba un vestido. ¡Qué! ¡Vestido! Ni siquiera quería comprar otra cama para dormir cada una en la suya. Anoche por ejemplo. No durmió nada. Tal vez por los perros de don Alejandro ladrando en la viña. ¿O soñaría? Y los bocinazos. En todo caso, a su edad, dormir con una mujer de dieciocho años en la misma cama no era agradable.

Puso el platillo del pan encima de la taza humeante, y salió. La Clotilde, lava que te lava, le gritó que la Nelly ya había ido a ver. La Manuela no le respondió ni le dio las gracias, sino que acercándose para ver si estaba lavando ropa de las otras putas, alzó sus cejas delgadas como hilos, y mirándola con los ojos fruncidos de fingida pasión, entonó:

> Veredaaaaaaa
> tropicaaaaaaaaaal.

II

La casa se estaba sumiendo. Un día se dieron cuenta de que la tierra de la vereda ya no estaba al mismo nivel que el piso del salón sino que más alto, y la contuvieron con una tabla de canto sostenida por dos cuñas. Pero no dio resultado. Con los años, quién sabe cómo y casi imperceptiblemente, la acera siguió subiendo de nivel mientras el piso del salón, tal vez de tanto rociarlo y apisonarlo para que sirviera para el baile, siguió bajando. La tabla que pusieron jamás formó grada regular. Los tacos de los huasos que entraban dando trastabillones molían la tierra dejando un hueco sucio limitado por la tabla que se iba gastando, una hendidura que acumulaba fósforos quemados, envoltorios de menta, trocitos de hojas, astillas, hilachas, botones. Alrededor de las cuñas a veces brotaba pasto.

La Manuela se encuclilló en la puerta para arrancar unas briznas. No tenía apuro. Faltaba media hora para la misa. Media hora inofensiva, despojada de toda tensión por las noticias de la Nelly: ni un camión, ni un auto en todo el pueblo. Claro, fue sueño. No recordaba siquiera quién le vino a contar el cuento. Y los perros. No tenían por qué andar sueltos en la viña en este tiempo, cuando ya no quedaba ni un racimo que robarse. Bueno. Cinco minutos hasta la casa de la Ludovinia, un cuarto de hora para buscar el hilo, y cinco minutos para cualquier cosa, para tomar un matecito o para pararse a comadrear con cualquiera en una esquina. Y después, su misa.

Por si acaso miró calle arriba hacia la alameda que cerraba el pueblo por ese lado, tres cuadras más allá. Nadie. Ni un alma. Claro. Domingo. Hasta los chiquillos, que siempre armaban una gritadera del demonio jugando a la pelota en la calzada, estarían esperando junto a la puerta de la capilla para pedir limosna si llegaba algún auto de rico. Los álamos se agitaron. Si el viento arreciaba, el pueblo entero quedaría invadido por las hojas amarillas durante una semana por lo menos y las mujeres se pasarían el día barriéndolas de todas partes, de los caminos, los corredores, las puertas y hasta debajo de las camas, para juntarlas en montones y quemarlas... el humo azul prendiéndose en un claro cariado, arrastrándose como un gato pegado a los muros de adobe, enrollándose en los muñones de paredes derruidas y cubiertas de pasto, y la zarzamora devorándolas y devorando las habitaciones de las casas abandonadas y las veredas, el humo azul en los ojos que pican y lagrimean con el último calor de la calle. En el bolsillo de su chaqueta la mano de la Manuela apretó el jirón del vestido como quien soba un talismán para urgirlo a obrar su magia.

Sólo una cuadra para llegar a la estación donde terminaba el pueblo por ese lado y a la casa de la Ludo a la vuelta de la esquina, siempre bien abrigada con un brasero encendido desde temprano. Se apuró para dejar atrás las casas de ese rumbo, que eran las peores. Quedaban pocas habitadas porque hacía mucho tiempo que todos los toneleros trasladaron sus negocios a Talca: ahora, con los caminos buenos, se llegaba en un abrir y cerrar de ojos desde los fundos. No es que del otro lado del pueblo, del lado de la capilla y del correo, fueran mejores las casas ni más abundantes los pobladores, pero en fin, era el centro. Claro que en épocas mejores el centro fue esto, la estación. Ahora no era más que un potrero cruzado por la línea, un semáforo inválido, un andén de concreto resquebrajado, y tumbada entre los hinojos debajo del par de eucaliptos estrafalarios, una máquina trilladora antediluviana entre cuyos fierros anaranjados por el orín jugaban los niños como con un saurio domesticado. Más allá, detrás del galpón de madera encanecida, más zarzas y un canal separaban el pueblo de las viñas de don Alejandro. La Manuela se detuvo en la esquina para contemplarlas un instante. Viñas y viñas y más viñas por todos lados hasta donde alcanzaba la vista, hasta la cordillera. Tal vez no fueran todas de don Alejandro. Si no eran suyas eran de sus parientes, hermanos y cuñados, primos a lo sumo. Todos Cruz. El varillaje de las viñas convergía hasta las casas del fundo El Olivo, rodeadas de un parque no muy grande pero parque al fin, y por la aglomeración de herrerías, lecherías, tonelerías, galpones y bodegas de don Alejo. La Manuela suspiró. Tanta plata. Y tanto poder: don Alejo, cuando heredó hace más de medio siglo, hizo construir la Estación El Olivo para que el tren se detuviera allí mismo y se llevara sus productos. Y tan bueno don Alejo. ¿Qué sería de la gente de la Estación sin él? Andaban diciendo por ahí que ahora sí que era cierto que el caballero iba a conseguir que pusieran luz eléctrica en el pueblo. Tan alegre y nada de fijado, siendo senador y todo. No como otros, que se les ocurría que por tener la voz ronca y pelo en el pecho tenían derecho a insultarla a una. ¿Y como don Alejandro, que era tan hombre? Es verdad que en el verano, cuando venía a misa al pue blo con Misia Blanca y por casualidad se cruzaban en la calle, el caballero se hacía el leso. Aun que a veces, si Misia Blanca iba distraída le echaba su guiñadita de ojo .

La Ludo le sirvió mate y sopaipillas. La Manuela se acomodó en una silla junto al brasero y comenzó a escarbar dentro de las cajas llenas de pedazos de cinta y botones y sedas y lanas y hebillas. La Ludovinia ya no podía ver el contenido porque estaba muy corta de vista. Casi ciega. ¡Tanto que la aconsejó la Manuela que no fuera tonta y que se comprara otros anteojos! Pero ella nunca quiso. Cuando murió Acevedo, en el momento antes que soldaran el ataúd, la Ludo casi se volvió loca y quiso echar adentro algo suyo que acompañara a su marido por toda la eternidad. No se le ocurrió nada mejor que echar sus anteojos. Claro. Ella fue sirvienta de Misia Blanca cuando la Moniquita se murió de tifus: la señora, desesperada, se cortó la trenza rubia que le llegaba hasta las corvas y la echó dentro del ataúd. A Misia Blanca le creció de nuevo todo el pelo. Por imitarla, la tonta de la Ludo se quedó sin ver. Por Acevedo, decía, que era tan celoso. Para no mirar nunca otro hombre. Cuando vivo, él no la dejaba tener ni amigos ni amigas. Sólo la Manuela. Y cuando lo embromaban recordándole que fuera como fuera la Japonesita era hija de la Manuela, el tonelero se reía sin creer. Pero la Japonesita creció y nadie pudo dudar: flaca, negra, dientuda, con las mechas tiesas igualitas a las de la Manuela.

Con los años la Ludo se había puesto muy olvidadiza y repetidora. Ayer le contó que cuando Misia Blanca la vino a ver le trajo un recado de don Alejo diciéndole que le quería comprar la casa, qué raro no y otra vez dice don Alejo se interesa por esta propiedad pero yo no entiendo para qué y yo no me quiero ir, me quiero morir aquí. Ah, no, era como para ahogarse. Ya no era divertido chismear con ella. Ni siquiera se acordaba de qué cosas tenía guardadas en la multitud de cajas, paquetes, atados, rollos que escondía en sus cajones o debajo del catre o en los rincones, cubriéndose de polvo detrás del peinador, metidos entre el ropero y el muro. Y para qué decir la gente, se le borraba toda, toda menos la de la familia de don Alejo, y les sabía los nombres hasta a sus bisnietos. Ahora no se podía acordar quién era Pancho.

—Cómo no te vas a acordar. Te he hablado tanto de él.

—Tú te lo llevas hablándome de hombres.

—Ese hombrazo grandote y bigotudo que venía tanto al pueblo el año pasado en el camión colorado, te dije. Era del fundo El Olivo pero se fue y se casó. Después estuvo viniendo. Ése con las cejas renegridas y cogote de toro que yo, antes, cuando él era más chiquillo, lo encontraba tan simpático, hasta que esa vez vino a la casa con unos amigos borrachos y se puso tan pesado. Cuando me hicieron tiras mi vestido de española.

Inútil. Para la Ludo, Pancho Vega no existía. La Manuela tuvo el impulso de pararse, tirar el mate y las cajas con hilos al suelo y volver a su casa. Vieja bruta. Ya no le queda más que un terrón blando adentro de la cabeza. ¿Para qué hablar con la Ludo si no se acordaba quién era Pancho Vega? Escarbó en la caja para encontrar su hilo y poder irse. La Ludo se quedó muda mientras la Manuela escarbaba. Luego comenzó a hablar.

—Le debe plata a don Alejo.

La Manuela la miró.

—¿Quién?

—Ése que tú dices.

—¿Pancho Vega?

—Ése.

La Manuela enrolló el hilo colorado en su dedo meñique.

—¿Cómo sabes?

—¿Encontraste? No te lo lleves todo.

—Bueno. ¿Cómo sabes?

—Me dijo Misia Blanca el otro día cuando vino a verme. Es hijo del finado Vega que era tonelero jefe de don Alejo cuando yo estaba con ellos. No me acuerdo del chiquillo. Dice Misia Blanca que éste, cómo se llama, quiso independizarse de los Cruz y cuando don

Alejo supo que andaba detrás de comprarse un camión, a pesar de que el chiquillo hacía tiempo que no estaba en el fundo y que el finado Vega era muerto y que la Berta también era muerta, lo hizo llamar, al chiquillo éste, y le prestó plata así nomás, sin documento, para que pagara el pie de su camión...

—¿Así es que se compró el camión con plata de don Alejo?

—Y no le paga.

—¿Nada?

—No sé.

—Perdido anda desde hace un año.

—Por eso.

—¡Sinvergüenza!

Sinvergüenza. Sinvergüenza. Si venía con abusos, podía decírselo: Sinvergüenza, estafaste a don Alejo que es como un padre contigo. Entonces, diciéndoselo, no sentiría miedo. O por lo menos, menos miedo. Era como si esa palabra le fuera a servir para romper una costra dura y amenazante de Pancho, dejándolo duro siempre y siempre amenazante, pero de otra manera. Era una lástima que todos esos bocinazos fueran sólo sueño... ¿Para qué iba a remendar entonces su vestido colorado? Se desenrolló el hilo del dedo. ¿Qué iba a hacer hoy toda la tarde? Lluvia, sus huesos lo sabían. ¿Venir donde la Ludo? ¿Para qué? Si volvía a hablarle de Pancho Vega seguro que le contestaría:

—Ya estás vieja para andar pensando en hombres y para salir de farra por ahí. Quédate tranquila en tu casa, mujer, y abrígate bien las patas, mira que a la edad de nosotros lo único que una puede hacer es esperar que la pelada se la venga a llevar.

Pero la pelada era mujer como ella y como la Ludo, y entre mujeres una siempre se las puede arreglar. Con algunas mujeres por lo menos, como la Ludo, que siempre la habían tratado así, sin ambigüedades, como debía ser. La Japonesita, en cambio, era pura ambigüedad. De repente, en invierno sobre todo, cuando le daba tanto frío a la pobre y no dejaba de tiritar desde la vendimia hasta la poda, empezaba a decir que le gustaría casarse. Y tener hijos. ¡Hijos! Pero si con sus dieciocho años bien cumplidos ni la regla le llegaba todavía. Era un fenómeno. Y después decía que no. Que no quería que la anduvieran mandoneando. Que ya que era dueña de casa de putas mejor sería que ella también fuera puta. Pero la tocaba un hombre y salía corriendo. Claro que con esa cara no iba a llegar a mucho. Tantas veces que le había rogado que se hiciera la permanente. La Ludo decía que mejor que se casara, porque trabajadora eso sí que era la Japonesita. Que se casara con un hombre bien macho que le alborotara las glándulas y la enamorara. Pero Pancho era tan bruto y tan borracho que no podía enamorar a nadie. O los nietos de don Alejandro. En el verano, a veces, se aburrían en las casas del fundo sin tener nada que hacer y venían a tomarse unas copas: espinilludos, de anteojos, callados, pero eran muy jovencitos y estaban preocupados con los exámenes y se iban sin tomar mucho y sin meterse con nadie. Si la Japonesita quedara embarazada de uno de ellos... no, claro que no casarse, pero en fin, el niño... Por qué no. Era un destino.

No le aprendía a ella, se dijo la Manuela caminando hacia la capilla, el hilo colorado enrollado otra vez en el dedo meñique. El vestido lo iba a tomar aquí, en la cintura, y acá, en el trasero. Y si viviera en una ciudad grande, de esas donde dicen que hay carnaval y todas las locas salen a la calle a bailar vestidas con sus lujos y lo pasan regio y nadie dice nada, ella saldría vestida de manola. Pero aquí los hombres son tontos, como Pancho y sus amigos. Ignorantes. Alguien le contó que Pancho andaba con cuchillo. Pero no era cierto. Cuando Pancho quiso pegarle el año pasado tuvo la presencia de ánimo para palpar al bruto por todos lados: andaba sin nada.

Idiota. Tanto hablar contra las pobres locas y nada que les hacemos... y cuando me sujetó con los otros hombres me dio sus buenos agarrones, bien intencionados, no va a darse cuenta una con lo diabla y lo vieja que es. Y tan enojado porque una es loca, qué sé yo lo que dijo que iba a hacerme. A ver nomás, sinvergüenza, estafador. Me dan unas ganas de ponerme el vestido delante de él para ver lo que hace. Ahora, si estuviera aquí en el pueblo, por ejemplo. Salir a la calle con el vestido puesto y flores detrás de la oreja y pintada como mona, y que en la calle me digan adiós Manuela, por Dios que va elegante mijita, quiere que la acompañe... Triunfando, una. Y entonces Pancho, furioso, me encuentra en una esquina y me dice me das asco, anda a sacarte eso que eres una vergüenza para el pueblo. Y justo cuando me va a pegar con esas manazas que tiene, yo me desmayo... en los brazos de don Alejo, que va pasando. Y don Alejo le dice que me deje, que no se meta conmigo, que yo soy gente más decente que él que al fin y al cabo no es más que hijo de un inquilino mientras que yo soy la gran Manuela, conocida en toda la provincia, y echa a Pancho para siempre del pueblo. Entonces don Alejo me sube al auto y me lleva al fundo y me tiende en la cama de Misia Blanca, que es toda de raso rosado dice la Ludovinia, preciosa, y van a buscar el mejor médico de Talca mientras Misia Blanca me pone compresas y me hace oler sales y me toma en brazos y me dice mira Manuela, quiero que seamos amigas, quédate aquí en mi casa hasta que te sanes y no te preocupes, yo te cedo mi pieza y pide lo que quieras, no te preocupes, no te preocupes, porque Alejo, vas a ver, va a echar a toda la gente mala del pueblo.

—Manuela.

Una bocacalle. Los pies metidos en el barro de una poza en la calzada. Unos bigotes blancos, una manta de vicuña, unos ojos azulinos como bajo el ala del sombrero, y detrás, los cuatro perros negros alineados. La Manuela retrocedió.

—Por Dios, don Alejo, cómo sale a la calle con esos brutos. Agárrelos. Me voy, me voy. Agárrelos.

—No te van a hacer nada si no lo mando. Tranquilo, Moro...

—Preso debían mandarlo por andar con ellos.

La Manuela se iba retirando a la otra vereda.

—¿A dónde vas? Estabas con las patas en el agua.

—Apuesto que me resfrío. A misa iba, a cumplir con los mandamientos. No soy ninguna hereje como usted, don Alejo. Mire la cara de muerto que tiene, apuesto que anduvo de farra, a su edad, no digo yo...

—Y tú, irás a pedir perdón por tus pecados, grandísima...

—¡Pecados! Ojalá. Ganas no me faltan pero mire cómo estoy de flaca. Santita: Virgen y Mártir...

—¿Qué no dicen que tienes embrujado a Pancho Vega?

—¿Quién dice?

—Él dice. Cuidadito.

Los perros se agitaron detrás de don Alejo.

—Otelo, Moro, abajo...

El agua sopeándole los calcetines, el pantalón frío pegado a sus canillas. Hacía años que no se sentía tan averiada. Al subir por el talud hacia la otra vereda le dio una patada a un chancho para que se quitara, pero al resbalarse tuvo que afirmarse en su lomo. Desde la otra vereda le preguntó a don Alejo:

—¿Cuidadito con quién?

—Con Pancho. Dicen que no habla más que de ti.

—Pero si ya no viene para acá para El Olivo. ¿No dicen que le debe plata a usted?

Don Alejo se rió.

—Todo lo sabes, vieja chismosa. ¿Sabes también que fui al médico ayer en Talca? ¿Y sabes lo que me dijo?

—¿Al médico, don Alejo? Pero si está tan bien...

—Me acabas de decir que tengo mala cara. Mala cara vas a tener tú también en cuanto te alcance Pancho.

—Pero si no está.

—Sí. Sí está.

Los bocinazos, entonces, anoche. No, no iba a misa. No estaba para aguantar impertinencias en la calle. Hacía demasiado frío. Dios la perdonaría esta vez. Se iba a resfriar. A su edad, mejor acostarse. Sí. Acostarse. Olvidarse del vestido de española. Acostarse si la Japonesita no le decía que hiciera algo, qué sé yo, algún trabajo de esos que a veces le gritaba que hiciera. El año pasado Pancho Vega le retorció el brazo y casi se lo quebró.

Ahora le dolía. No quería tener nada que ver con Pancho Vega. Nada.

—No te vayas, mujer...

—Claro. No va a ser a usted al que le va a pegar.

—Espera.

—Ya pues don Alejo, diga lo que quiere. ¿No ve que estoy apurada? Tengo las patas empapadas. Si me muero usted me paga el funeral porque usted tiene la culpa. De primera, ah...

Don Alejo, seguido de sus perros, iba andando frente a la Manuela por la otra acera y hablándole. La última seña de la misa de once. Tuvo que gritar para que la Manuela le oyera porque pasó el *break* de los Guerrero lleno de chiquillos cantando:

Que llueva,
que llueva.
La vieja está en la cueva
los pajaritos cantan...

—Ya pues don Alejo. ¿Qué quiere?

—Ah, sí. Dile a la Japonesita que tengo urgencia de hablar con ella. Voy a pasar esta tarde. Y contigo también quiero hablar.

La Manuela se paró antes de doblar la esquina.

—¿Va a venir en auto?

—No sé. ¿Por qué?

—Para que estacione delante de la puerta de la casa. Así Pancho ve que usted está con nosotros y no se atreve a entrar.

—Si no vengo en auto, dejo a los perros afuera. Pancho les tiene miedo.

—Claro, si es un cobarde.

III

La señorita Lila miró a Pancho Vega por la ventanilla, pero pese a las cosas que él le estaba diciendo no bajó la vista porque lo conocía desde hacía tanto tiempo que ya no la escandalizaba. Además, me da gusto volver a ver a este tarambana.

—Pero si eres como marinero en tierra pues Pancho, ahora con la cuestión de tu camión y tus fletes: una mujer en cada puerto. La Emita no te verá ni el polvo, pobre. Qué castigo estar casada contigo.

—Ella no se queja.

Entonces sí que la señorita Lila se puso colorada.

—¿Y tú, Lilita?

Trató de tomarle la mano a través de la ventanilla.

—Déjate, tonto...

La señorita Lila hizo un gesto señalando a Octavio que fumaba en la puerta, mirando la calle. Pancho se dio vuelta para buscar el objeto del temor de Lila y al ver sólo a su cuñado alzó los hombros. El interior del galpón en cuyo extremo funcionaba el correo estaba vacío, salvo por don Céspedes sentado en uno de los fardos de trébol formando escala al otro extremo. El anciano se apeó de su fardo y se puso a mirar la calle apoyado en la jamba, al otro lado de Octavio. Al frente, unas cuantas personas rondaban el otro galpón, el que servía de capilla los domingos y de lugar de reunión del Partido durante la semana. Era más chico que el galpón del correo y también pertenecía a don Alejo, pero nunca llegaron a permutar sus funciones: el espacio de la capilla actual era suficiente para los feligreses, sobre todo después de la vendimia, cuando ya no quedaban ni afuerinos ni las familias de los dueños de fundos. Pancho se dio vuelta y encendió un cigarrillo.

—¿Llegó el cura de San Alfonso?

Don Céspedes agitó la cabeza en signo de negación.

—Deben haber tenido una pana.

Octavio palmoteó la espalda del viejo.

—Tan viejo y tan inocente usted don Céspedes, por Dios. El cura debe haber tenido sueño esta mañana y se quedó pegado en las sábanas. Dicen que bailó toda la noche en la casa de la Pecho de Palo allá en Talca...

La señorita Lila asomó la cabeza.

—¡Herejes! Se van a condenar.

Pancho se rió mientras don Céspedes sacaba su mano de debajo de la manta para santiguarse. Octavio se fue a sentar en los fardos. Don Céspedes miró al cielo.

—Va a llover.

Siguió a Octavio y encaramándose más alto que él en las gradas de los fardos, dejó colgando sus pies encogidos, oscuros, deformados por las cicatrices y la mugre, metidos en sus ojotas embarradas.

En la ventanilla seguía el coloquio.

—¿Tú, no estuviste en la cama de la Japonesita anoche?

—¿Yo? Yo no. Hace tiempo que no voy. No me dan boleto.

—Es que tú también, con lo revoltoso...

—Lo malo es que estoy enamorado.

Ella dijo que claro, que la Japonesita era chiquilla buena y todo, pero fea, y no se vestía a la moda, parecía de casa de huérfanos con esos pantalones bombachos hasta el tobillo que se ponía debajo de los delantales. Claro que era harto raro que ella se dedicara a ese negocio, siendo que todos sabían que era chiquilla buena. Sí, sí, herencia de la mamá, pero podía vender. Cuando chica la Japonesa Grande la mandaba a la escuela, cuando había escuela en El Olivo y funcionaba aquí mismo, en este galpón, antes que lo comprara don Alejo. A pesar de que todas las chiquillas eran buenas con ella, me cuenta mi hermana menor, y la profesora también, la Japonesita se arrancaba, se iba a esconder por allá por la estación, dicen, hasta que terminaran las clases y la Japonesa Grande no se diera cuenta de que no iba a la escuela, y nunca salía a la calle a jugar ni nada y no saludaba a nadie... Ahora, toda la gente decente le tiene pena a la Japonesita, tan rara la pobre. La señorita Lila, por lo pronto, buscaba la vista de la Japonesita para saludarla lo más amable que podía cada vez que la encontraba en la calle. ¿Por qué no, no es cierto?

—Sí, pero yo no estoy enamorado de ella...

La señorita Lila lo miró turbada.

—¿De quién, entonces?

—De la Manuela, pues...

Todos se rieron, hasta ella.

—Hombres cochinos, degenerados. Vergüenza debía darles...

—Es que es tan preciosa...

La pareja comenzó a cuchichear otra vez a través de los barrotes de bronce. Don Céspedes volvió a bajar las gradas de pasto y se apostó en la puerta mirando el cielo.

—Aquí viene el agua, mi madre...

La gente que esperaba cerca de la puerta de la capilla se cobijó bajo el alero, pegados al muro y con las manos en los bolsillos, detrás de la cortina de agua que caía de las tejas. El caballo del *break* de los Guerrero quedó empapado en un segundo, y los Valenzuela, que venían llegando, se refugiaron en el Ford para esperar que comenzara la misa. Don Alejo entró corriendo al correo, seguido de sus cuatro perros negros. Se sacudió el agua de la manta y del sombrero. Los perros también se sacudieron, y Octavio se trepó a los fardos para no quedar empapado. Después se alborotaron en el galpón, que parecía quedarles chico.

—Buenos días, don Céspedes...

—Buenos días, patrón.

Luego miró a Octavio pero no lo saludó. Vio a Pancho de espaldas, que junto a la ventanilla suspendió su plática pero no se dio vuelta.

—Felices los ojos, Pancho...

Como Pancho se quedó igual, don Alejandro azuzó a sus perros, que se levantaron del suelo.

—Otelo, Sultán...

Pancho se dio vuelta. Subió las manos como si esperara un pistoletazo. Don Alejo llamó a sus perros antes que atacaran.

—Moro, acá...

—Las bromitas suyas, don Alejo...

—Contesta siquiera, si te saludan.

—Esas bromas no se pueden hacer.

Octavio los miró desde la cima de los fardos, cerca del envigado que sostenía la calamina del techo. Don Alejo se iba acercando a Pancho a través de la bodega, rodeado de los perros que brincaban. En todo ese espacio parduzco, donde hasta la cal del muro era de color tierroso, lo único vivo era el azulino de los ojos de don Alejo y las lenguas babosas, coloradas de los perros.

—¿Y las bromas tuyas? ¿Te parecen poca cosa, roto malagradecido? ¿Creís que no sé por qué viniste? Yo te conseguí los fletes de orujo, pero yo mismo llamé a Augusto hace días diciéndole que te los cortara.

—Vamos a hablar a otro lado, mejor...

—¿Por qué? ¿No quieres que la gente sepa que eres un sinvergüenza y un malagradecido? Está lloviendo y no quiero mojarme más, mira que el médico me dijo que me cuidara. Usted don Céspedes, hágame el favor de ir a la carnicería, aquí al lado, y le dice a Melchor que me mande unas buenas charchas para que estos perros se queden tranquilos. ¿Y éste, quién es?

Octavio bajó los fardos con un par de brincos. Mientras sacudía su terno oscuro y se ajustaba la corbata corrida en el cuello abierto de la camisa, carraspeó antes de contestar. Pero contestó Pancho.

—Es Octavio, mi cuñado.

—¿El de la estación de servicio?

—Sí señor. Para servirle. Somos compadres con el Pancho, así que delante de mí puede hablar nomás...

La inquietud de los cuatro perros negros de colas suntuosas, de fauces anhelantes, llenaba el galpón. Los ojos de loza de don Alejo sostuvieron la mirada negra de Pancho, obligándola a permanecer fija bajo las pestañas sombrías. Él leía en esos ojos como en un libro: Pancho no quería que Octavio supiera de la deuda. El viento agitó las listas de cartas sobrantes pegadas al muro.

—¿Así es que solitos no te importa que te diga que eres un sinvergüenza y un malagradecido? Entonces, además eres un cobarde de porquería.

—Déjese pues, don Alejo.

—Tu padre a quien Dios guarde en su Gloria no me hubiera aguantado que yo le hablara así. Era un hombre de veras. ¡El hijito que le fue a salir! Nada más que por memoria de tu padre te presté la plata. Y nada más que por eso no te mando preso. ¿Oíste bien?

—Yo no firmé ningún documento.

Fue tal la furia de don Alejo que hasta los perros la sintieron y se pusieron de pie gruñéndole a Pancho con los dientes descubiertos.

—¿Cómo te atreves?

—Aquí le traigo las cinco cuotas atrasadas.

—¿Y crees que con eso me dejas contento? ¿Crees que no sé a qué viniste? Mira que yo veo debajo del alquitrán y a ti te conozco como si te hubiera parido. Claro, te cortaron los fletes. Por eso vienes con la cola entre las piernas a pagarme, para que yo consiga que te los vuelvan a dar. Dame esa plata, roto malagradecido, dámela te digo...

—No soy malagradecido.

—¿Qué eres entonces? ¿Ladrón?

—Ya pues don Alejo, córtela, ya está bueno...

—Pásame la plata.

Pancho le entregó el fajo de billetes, calientes porque los tenía apretados en la mano en el fondo del pantalón, y don Alejo los contó lentamente. Después se los metió debajo de la manta. El Negus le lamía la punta del zapato.

—Está bien. Te faltan seis cuotas para terminar de pagarme, y que sean puntuales, entiendes. Y mira, está bueno que lo sepas aunque cualquiera que fuera menos tonto que tú ya lo sabría: tengo muchos hilos en mi mano. Cuidado. No porque no te hice firmar el papel voy a dejar que me hagas eso; si te di libertad fue para ver cómo reaccionabas, aunque con lo que te conozco, ya debía saber y para que te aporrees solo. Ya sabes. Para otra vez dime que no puedes pagarme por un tiempo y que te espere, entonces, de buen modo, veremos lo que puedo hacer...

—Es que no tenía tiempo...

—Mentira.

—Es que no había venido por estos lados, pues, don Alejo.

—Otra mentira. ¿Cuándo se te va a quitar esa maldita costumbre? Me dijeron que te habían visto en la gasolinera de tu cuñado varias veces en el camino longitudinal. ¿Qué te costaba recorrer los dos kilómetros hasta aquí o hasta el fundo? ¿Qué ya no conoces el camino hasta las casas donde naciste, animal?

No, no quería tener nada que ver con esas casas ni con este pueblo de mierda. Le dolía entregarle su plata a don Alejo. Era reconocer el vínculo, amarrarse otra vez, todo eso que logró olvidar un poco, como quien silba para olvidar el terror en la oscuridad, durante los cinco meses que tuvo fuerza para no pagarle, para resistir y guardar ese dinero para soñarlo en otras cosas como si tuviera derecho a hacerlo. Es platita para la casa que la Ema quiere comprar en ese barrio nuevo de Talca, ése con las casas todas iguales, pero pintadas de colores distintos así es que no se ven iguales, y cuando a la Ema se le ocurre algo no hay quien resista. Por suerte que ahora, en esta época de tanto flete, Pancho pasa poco en la casa, a veces prefiere estacionar el camión en el camino y dormir ahí. Por lo mismo, decía ella, por lo mismo que casi no te veo y qué sé yo qué harás por ahí, por lo mismo yo y la niña tenemos que tener alguna compensación... y cuando caiga en cama con úlcera, un fuego que me quema aquí, un animal que hoza y me muerde y sorbe y chupa, aquí, aquí adentro y no me deja dormir ni hablar ni moverme ni tomar ni comer, apenas respirar, a veces con todo esto duro y acalambrado, con miedo a que el animal me dé un mordisco y reviente, entonces ella me cuida y yo la miro porque sin ella me moriría y ella sabe y por eso lo cuida como a un niño que gime arrepentido, pero que sabe que va a volver a hacerlo todo igual, por eso es que Pancho necesita esa casa. A veces da una vuelta por ese barrio en el camión y va viendo cómo desaparecen los carteles que dicen «Se Vende». Ya no quedan casas rosadas, sólo azules y amarillas, y la Ema quería una rosada. A don Alejo no le importan unos cuantos miles de pesos.

—¿Y por qué no llama a don Augusto para que me vuelva a dar esos fletes tan buenos?

—¿Qué te costaba cumplir conmigo, si eran tan buenos?

Pancho no contestó. La lluvia se iba juntando en las pozas de la calzada: imposible cruzar. Llegó el cura y la gente entró en la capilla. Pancho no contestó porque no quería contestar. No tenía que darle cuentas a nadie, menos a este futre que creía que porque había nacido en su fundo... Hijo, decían, de don Alejo. Pero lo decían de todos, de la señorita Lila y de la Japonesita y de qué sé yo quién más, tanto peón de ojo azul por estos lados, pero yo no. Meto la mano al fuego por mi vieja, y los ojos, los tengo negros y las cejas, a veces me creen turco. Yo no le debo nada. Había trabajado de chico como tractorista y después, aprendió a manejar el auto, a escondidas, robándoselo a don Alejo con los nietos del caballero que eran de su misma edad... Nada más. Lo único que le debía era que aprendió a manejar. Le faltaban varias cuotas para saldar su deuda. Hasta entonces, callado. Que la Ema esperara. Tal vez en otro barrio, y después todo lo que quisiera, la libertad, él solo, sin tener que rendirle cuentas a nadie... y me pierdo para siempre de este pueblo de mierda. Pero el viejo fue a decir delante de Octavio que me atrasé en los pagos. Para que después se le salga y los creídos de los hermanos de la Ema, los otros, no Octavio que es mi compadre, los otros anden diciendo cosas de uno por ahí.

—¿Quiubo? ¿Por qué?

Regresó don Céspedes con las charchas. Los perros, alborotados, gimieron, lamiéndole los pies, las manos, saltándole hasta casi botarlo.

—Tíreles una charcha, don Céspedes...

La piltrafa sanguinolenta voló y los perros saltaron tras ella y después los cuatro juntos cayeron hechos un nudo al suelo, disputándose el trozo de carne caliente aún, casi viva. Lo desgarraron, revolcándolo por la tierra y ladrándole, babosos los hocicos colorados y los paladares granujientos, los ojos amarillos fulgurando en sus rostros estrechos. Los hombres se apegaron a los muros. Devorada la charcha los perros volvieron a danzar alrededor de don Alejo, no de don Céspedes que fue quien los alimentó, como si supieran que el caballero de manta es el dueño de la carne que comen y de las viñas que guardan. Él los acaricia — sus cuatro perros negros como la sombra de los lobos tienen los colmillos sanguinarios, las pesadas patas feroces de la raza más pura.

—No. Hasta que me pagues todas las cuotas que faltan. No tengo ninguna confianza en ti. Estoy viejo y me voy a morir y no quiero dejar asuntos sueltos por ahí...

—Pero cómo quiere, pues, don Alejo...

El suelo era un barrial ensangrentado. Los perros lo husmeaban, resoplando en busca de algún resto que lamer. Pancho Vega apretó los dientes. Miró a Octavio que le guiñó un ojo, no se agite compadre, espérese, que vamos a arreglar este asunto entre nosotros. Pero era duro este gallo jubilado. Oyeron las campanillas de la iglesia.

—¿No vas a ir a misa, Pancho?

No contestó.

—Cuando eras chico, para las misiones, ayudabas. A la pobre Blanca le gustaba tanto verte, tan piadoso, tan lindo que eras. Y esas confesiones tan largas, nos moríamos de la risa... ¿Y usted don Céspedes?

—Cómo no, patrón...

—¿Ves? ¿Cómo don Céspedes va a misa?

Pancho miró a Octavio, que le dijo que no con la cabeza.

—Don Céspedes es inquilino suyo.

Y tragó para poder agregar:

—Yo no.

—Pero tú me debes plata y él no.

Era cierto. Mejor no acordarse ahora. Mejor ir a misa sin alegar. ¿Qué me cuesta? Cuando estoy en la casa el domingo, la Ema viste a la Normita con el abrigo celeste con piel blanca y me dice que vaya con ellas a la misa de once y media que es la mejor y yo voy porque no me importa nada y me gusta saludar a la gente del barrio, a veces me gusta y hasta tengo ganas, otras no, pero voy siempre, nosotros tan elegantes. Voy con don Alejo que me mira desde la puerta exigiéndomelo. Pero Pancho no puede dejar de decirle:

—No. No voy.

Octavio sonrió satisfecho por fin. Salieron los perros negros. Pero antes de salir, don Alejo se dio vuelta.

—Ah. Se me olvidaba decirte. Me contaron que andas hablando de la Manuela por ahí, que se la tienes jurada o qué sé yo qué. Que no sepa yo que te has ido a meter donde la Japonesita a molestar a esa gente, que es gente buena. Ya sabes.

Salió seguido de sus perros, que cruzaron la calzada salpicando en el barro y esperaron bajo el alero, detrás de la cortina de lluvia. Don Céspedes, sombrero en mano, mantuvo la puerta de la capilla abierta: entraron los perros al son de las campanillas y detrás, don Alejo.

IV

La Japonesita no adivinó inmediatamente por qué don Alejandro tenía tanta urgencia de hablar con ella. Al principio, cuando la Manuela le dio el mensaje, se sorprendió, porque el Senador siempre caía a visitarla sin avisar, como quien llega a su propia casa. Pronto, sin embargo, se dio cuenta de que tanto protocolo no podía significar más que una cosa: que por fin iba a participarle los resultados definitivos de sus gestiones para la electrificación del pueblo. Hacía tiempo que estaba empeñado en que lo hicieran. Pero la respuesta a la solicitud se iba retrasando de año en año, quién sabe cuántos ya, y siempre resultaba necesario aplazar el momento oportuno para acercarse a las autoridades provinciales. El Intendente se hallaba siempre de viaje o estamos haciendo gastos demasiado importantes en otra región por el momento o el secretario de la Intendencia pertenece al partido enemigo y es preferible esperar.

Pero el lunes anterior, al cruzar la Plaza de Armas de Talca en dirección al Banco, la Japonesita se encontró con don Alejandro dirigiéndose a la Intendencia. Se pararon en la esquina. Él le compró un paquete de maní caliente, de regalo, dijo, pero mientras conversaban se lo comió casi todo él, moliendo las cáscaras que al caer iban quedando prendidas en los pelos de su manta de vicuña allí donde la alzaba un poco su panza. Dijo que ahora sí: todo estaba listo. En media hora más tenía entrevista con el Intendente para echarle en cara su abandono de la Estación El Olivo. La Japonesita se quedó vagando por la plaza en espera de la salida de don Alejo con los resultados de la famosa entrevista. Luego, como tuvo otras cosas que hacer y llegó la hora del tren, ya no lo vio. Durante toda la semana estuvo averiguando si el caballero había vuelto al fundo, pero esa semana no le tocó ir ni de pasada, ni una sola vez. Se conformó con quedarse pensando, esperando.

Pero hoy sí. Por fin. La Japonesita permaneció en la cocina después del almuerzo, cuando cada puta se fue a refugiar en su covacha y la Manuela acompañó a la Lucy a su pieza. En vez de avivar con otro leño el rescoldo que quedaba en el vientre de la cocina se fue acercando más y más al fuego que palidecía, arrebozándose más y más y más con su chal: tengo los huesos azules de frío. Ya oscurecía. El agua no amainaba, cubriendo poco a poco los trozos de ladrillo que la Cloty puso para cruzar el patio. Al otro lado, frente a la puerta de la cocina, la Lucy tenía abierta la puerta de su pieza y la vio encender una vela. La Japonesita, de vez en cuando, levantaba la cabeza para echar una mirada y ver de qué se reían tanto con la Manuela. Las últimas carcajadas, las más estridentes de toda la tarde, fueron porque la Manuela, con la boca llena de horquillas para el peinado moderno que le estaba haciendo a la Lucy, se tentó de la risa y las horquillas salieron disparadas y las dos, la Lucy y la Manuela, anduvieron un buen rato de rodillas, buscándolas por el suelo.

Quedaba un poco de luz afuera. Pero desganada, sin fuerza para vencer a las tinieblas de la cocina. La Japonesita extendió una mano para tocar una hornalla: algo de calor. Con la electricidad todo esto iba a cambiar. Esta intemperie. El agua invadía la cocina a través de las chilcas formando un barro que se pegaba a todo. Tal vez entonces la agresividad del frío que se adueñaba de su cuerpo con los primeros vientos, encogiéndolo y agarrotándolo, no resultara tan imbatible. Tal vez no fuera creciendo esta humedad de mayo a junio, de junio a julio, hasta que en agosto ya le parecía que el verdín la cubría entera, su cuerpo, su cara, su ropa, su comida, todo. El pueblo entero reviviría con la electricidad para ser otra vez lo que fue en tiempos de la juventud de su madre. El lunes anterior, mientras esperaba a don Alejo, se metió en una tienda que vendía Wurlitzers. Muchas veces se había parado en la vitrina para mirarlas separada de su color y de su música por su propio reflejo en el vidrio de la vitrina. Nunca había entrado. Esta vez sí. Un dependiente con las pestañas desteñidas y las orejas traslúcidas la atendió, dándole demostraciones, obsequiándole folletos, asegurándole una amplia garantía. La Japonesita se dio cuenta de que lo hacía sin creer que ella era capaz de comprar uno de esos aparatos soberbios. Pero podía. En cuanto electrificaran el pueblo iba a comprar un Wurlitzer. Inmediatatamente. No, antes. Porque si don Alejo le traía esta tarde la noticia de que el permiso para la electrificación estaba dado o que se llegó a firmar algún acuerdo o documento, ella iba a comprar el Wurlitzer mañana mismo, mañana lunes, el que tuviera más colores, ése con un paisaje de mar turquesa y palmeras, el aparato más grande de todos. Mañana lunes hablaría con el muchacho de las pestañas desteñidas para pedirle que se la mandara. Entonces, el primer día que funcionara la electricidad en el pueblo, funcionaría en su casa el Wurlitzer.

A la Manuela mejor no decirle nada. Bastaría insinuarle el proyecto para que enloqueciera, dándole por hecho, hablando, exigiendo, sin dejarla en paz, hasta que terminaría por decidirse a no comprar nada. En el cuarto de enfrente se estaba desvistiendo para probarse el vestido colorado a la luz de la vela. A su edad no le tenía miedo al frío. Igual a mi madre, que en paz descanse. Aún en los días más destemplados, como éste por ejemplo, ella, grande y gorda, con los senos pesados como sacos repletos de uva, se escotaba. En el ángulo inferior del escote, donde comenzaban a hincharse sus senos, llevaba siempre un pañuelo minúsculo, y durante una conversación o tomando su botellón de tinto o mientras preparaba las sopaipillas más sabrosas del mundo, sacaba su pañuelo y se enjugaba el sudor casi imperceptible que siempre le brotaba en la frente, en la nariz, y sobre todo en el escote. Decían que la Japonesa Grande murió de algo al hígado, de tanto tomar vino. Pero no era verdad. No tomaba tanto. Mi madre murió de pena. De pena porque la Estación El Olivo se iba para abajo, porque ya no era lo que fue. Tanto que habló de la electrificación con don Alejo. Y nada. Después anduvieron diciendo que el camino pavimentado, el longitudinal, iba a pasar por El Olivo mismo, de modo que se transformaría en un pueblo de importancia. Mientras tuvo esta esperanza mi mamá floreció. Pero después le dijeron la verdad, don Alejo creo, que el trazado del camino pasaba a dos kilómetros del pueblo y entonces ella comenzó a desesperarse. La carretera longitudinal es plateada, recta como un cuchillo: de un tajo le cortó la vida a la Estación El Olivo, anidado en un amable meandro del camino antiguo. Los fletes ya no se hacían por tren, como antes, sino que por camión, por carretera. El tren ya no pasaba más que un par de veces por semana. Quedaba apenas un puñado de pobladores. La Japonesa Grande recordaba, hacia el final, que en otra época la misa de doce en el verano atraía a los *breaks* y a los victorias más encopetados de la región, y la juventud elegante de los fundos cercanos se reunía al atardecer, en caballos escogidos, a la puerta del correo para reclamar la correspondencia que traía el tren. Los muchachos, tan comedidos de día como acompañantes de sus hermanas, primas o novias, de noche se soltaban el pelo en la casa de la Japonesa, que no cerraba nunca. Después, llegaban sólo los obreros del camino longitudinal, que hacían a pie los dos kilómetros hasta su casa, y después ni siquiera ellos, sólo los obreros habituales de la comarca, los inquilinos, los peones, los afuerinos que venían a la vendimia. Otra clase de gente. Y más tarde ni ellos. Ahora era tan corto el camino a Talca que el domingo era el día más flojo — se llegaba a la ciudad en un abrir y cerrar de ojos, y ya no se podía pretender hacerle la competencia a casas como la de la Pecho de Palo. Siquiera electricidad, decía, siquiera eso, yo la oía quejarse siempre, de tantas cosas, de la hoguera en el estómago, quejarse monótamente, suavemente, al final, tendida en la cama, hinchada, ojerosa. Pero no, nunca, nada, a pesar de que don Alejo le decía que esperara pero un buen día ya no pudo esperar más y comenzó a morirse. Y cuando murió la enterramos en el cementerio de San Alfonso porque en El Olivo ni cementerio hay. El Olivo no es más que un desorden de casas ruinosas sitiado por la geometría de las viñas que parece que van a tragárselo. ¿Y él de qué se ríe tanto? ¿Qué derecho tiene a no sentir el frío que a mí me está trizando los huesos?

—¡Papá!

Lo gritó desde la puerta de la cocina. La Manuela se paró en el marco iluminado de la puerta de la Lucy. Flaco y chico, parado allí en la puerta con la cadera graciosamente quebrada y con la oscuridad borroneándole la cara, parecía un adolescente. Pero ella conocía ese cuerpo. No daba calor. No calentaba las sábanas. No era el cuerpo de su madre: ese calor casi material en que ella se metía como en una caldera, envolviéndose con él, y que secaba su ropa apercancada y sus huesos y todo...

—¿Qué?

—Venga.

—¿Para qué me quieres?

—Venga nomás.

—Estoy ocupada con la Lucy.

—¿No le digo que lo necesito?

La Manuela, cubriéndose con el vestido de española, cruzó como pudo el lago del patio, chapoteando entre las hojas flotantes desprendidas del parrón. La Japonesita se había sentado de nuevo junto al fuego que se extinguía.

—Tan oscuro, niña. Parece velorio.

La Japonesita no contestó.

—Voy a echarle otro palo al fuego.

No esperó a que diera llama.

—¿Prendo una vela?

¿Para qué? Ella podía estar tardes enteras, días enteros en la oscuridad, como ahora, sin sentir nostalgia por la luz, añorando, eso sí, un poco de calor.

—Bueno.

La Manuela encendió y después de dejar la vela encima de la mesa junto a las papas, se puso los anteojos y se sentó a coser al lado de la luz. La Lucy había apagado. Iba a dormir hasta la hora de la comida. Así era fácil matar el tiempo. Eran las cinco. Faltaban tres horas para la comida. Tres horas y ya estaba oscuro. Tres horas para que comenzara la noche y el trabajo.

—Apuesto que no viene nadie esta noche.

La Manuela se paró. Sostuvo su vestido pegado al cuerpo, el escote con el mentón, ıa cintura con las manos.

—¿Cómo me queda?

—Bien.

La lluvia cesó. En el gallinero oyeron hincharse el pavo de la Lucy: el pago de un enamorado que no tuvo otra cosa con qué pagarle. El vestido quedó perfecto.

—Apuesto que no viene nadie esta noche.

Esta vez lo dijo la Manuela. La Japonesita levantó la cabeza como si le hubieran tocado un resorte.

—Usted sabe que va a venir Pancho Vega.

La Manuela se picó un dedo con la aguja y se lo chupó.

—¿Yo? ¿Que va a venir Pancho Vega?

—Claro. ¿Para qué está arreglando su vestido, entonces?

—Pero si no está en el pueblo.

—Usted me dijo que anoche oyó la bocina...

—Sí, pero yo no...

—Usted sabe que va a venir.

Inútil negarlo. Su hija tiene razón. Pancho va a venir esta noche aunque llueva o truene. Tomó su vestido, la percala viejísima entibiada por el fuego. Todo el santo día dele que te dele a la aguja, preparándolo, preparándose. Vamos a ver si es tan macho como dice. Me las va a pagar. Si pasa algo esta noche no va a quedar nadie en todo el pueblo que no lo sepa, nadie, a ver si le gusta decir las cosas que dice de las pobres locas, hasta las piedras lo van a saber. La Manuela dejó su vestido, puso la vela encima de la mesa del lavatorio, debajo del pedazo de espejo. Comenzó a peinarse. Tan poco pelo. Apenas cuatro mechas que me rayan el casco. No puedo hacerme ningún peinado. Ya pasaron esos días.

—Oye...

La Japonesita levantó la cabeza.

—¿Qué?

—Ven para acá.

Se cambió a una silla de totora frente al espejo. La Manuela tomó sus cabellos lacios, frunció los ojos para mirarla, tienes que tratar de ser bonita, y comenzó a escarmenárselos—qué sacas con ser mujer si no eres coqueta, a los hombres les gusta, tonta, a eso vienen, a olvidarse de los espantapájaros con que están casados, y con el pelo así, ves, así es como se usa, así queda bien, con un poco caído sobre la frente y lo demás alto como una colmena se llama, y la Manuela se lo escarmena y se pone una cinta aquí, no tienes una cinta bonita, yo creo que tengo una guardada en la maleta, si quieres te la presto, te la voy a poner aquí. A una de las nietas de don Alejo la vi así en el verano, ves que te queda bien esta línea, no seas tonta, aprovecha... ves, así...

La Japonesita cedió tranquilamente. Sí. Seguro que venía. Ella lo sabe tan claramente como lo sabe la Manuela. El año pasado, cuando trató de abusar con ella, sintió su aliento avinagrado en su mejilla, en su nariz. Bajo las manos de su padre que le rozaban la cara de vez en cuando, el recuerdo agarrotó a la Japonesita. La había agarrado con sus manos ásperas como un ladrillo, el pulgar cuadrado, de uña roída, tiznado de aceite, ancho, chato, hundido en su brazo, haciéndola doler, un moretón que le duró más de un mes...

—Papá...

La Manuela no contestó.

—¿Qué vamos a hacer si viene?

La Manuela dejó la peineta. Frente al espejo el pelo de la Japonesita quedó escarmenado como el de un bosquimano.

—Usted me tiene que defender si viene Pancho. La Manuela tiró las horquillas al suelo. Ya estaba bueno. ¿Para qué seguía haciéndose tonta? ¿Quería que ella, la Manuela, se enfrentara con un machote como Pancho Vega? Que se diera cuenta de una vez por todas y que no siguiera contándose el cuento... sabes muy bien que soy loca perdida, nunca nadie trató de ocultártelo. Y tú pidiéndome que te proteja: si voy a salir corriendo a esconderme como una gallina en cuanto llegue Pancho. Culpa suya no es por ser su papá. Él no hizo la famosa apuesta y no había querido tener nada que ver con el asunto. Qué se le iba a hacer. Después de la muerte de la Japonesa Grande te he pedido tantas veces que me des mi parte para irme, qué se yo dónde, siempre habrá alguna casa de putas donde trabajar por ahí... pero nunca has querido. Y yo tampoco. Fue todo culpa de la Japonesa Grande, que lo convenció — que se iban a hacer ricos con la casa, que qué importaba la chiquilla, y cuando la Japonesa Grande estaba viva era verdad que no importaba porque a la Manuela le gustaba estar con ella... pero hacía cuatro años que la enterraron en el cementerio de San Alfonso porque este pueblo de porquería ni cementerio propio tiene y a mí también me van a enterrar ahí, y mientras tanto, aquí se queda la Manuela. Ni suelo en la cocina: barro. ¿Así es que para qué la molestaba la Japonesita? Si quería que la defendieran, que se casara, o que tuviera un hombre. Él... bueno, ya ni para bailar servía. El año pasado, después de lo de Pancho, su hija le gritó que le daba vergüenza ser hija de un maricón como él. Que claro que le gustaría irse a vivir a otra parte y poner otro negocio. Pero que no se iba porque la Estación El Olivo era tan chica y todos los conocían y a nadie le llamaba la atención tan acostumbrados estaban. Ni los niños preguntaban porque nacían sabiendo. No hay necesidad de explicar, eso dijo la Japonesita y el pueblo se va a acabar uno de estos días y yo y usted con este pueblo de mierda que no pregunta ni se extraña de nada. Una tienda en Talca. No. Ni restaurante ni cigarrería ni lavandería, ni depósito de géneros, nada. Aquí en El Olivo, escondiéndonos... bueno, bueno, chiquilla de mierda, entonces no me digas papá. Porque cuando la Japonesita le decía papá, su vestido de española tendido encima del lavatorio se ponía más viejo, la percala gastada, el rojo desteñido, los zurcidos a la vista, horrible, ineficaz, y la noche oscura y fría y larga extendiéndose por las viñas, apretando y venciendo esta chispita que había sido posible fabricar en el despoblado, no me digái papá, chiquilla huevona. Dime Manuela, como todos. ¡Que te defienda! Lo único que faltaba. ¿Y a una, quién la defiende? No, uno de estos días tomo mis cachivaches y me largo a un pueblo grande como Talca. Seguro que la Pecho de Palo me da trabajo. Pero eso lo había dicho demasiadas veces y tenía sesenta años. Siguió escarmenando el pelo de su hija.

—¿Para qué te voy a defender? Acuéstate con él, no seas tonta. Es regio. El hombre más macho de por aquí y tiene camión y todo y nos podría llevar a pasear. Y como puta vas a tener que ser algún día, así que...

...que la forzara. Esta noche por fin, aunque tuviera que correr sangre. Pancho Vega o cualquier otro, eso ella lo sabía. Pero hoy Pancho. Un año llevaba soñando con él. Soñando que la hacía sufrir, que le pegaba, que la violentaba, pero en esa violencia, debajo de ella o adentro de ella, encontraba algo con qué vencer el frío del invierno. Este invierno, porque Pancho era cruel y un bruto y le torció el brazo, fue el invierno menos frío desde que la Japonesa Grande murió. Y los dedos de la Manuela tocándole la cabeza, palpándole la mejilla junto a la oreja para falsificar la coquetería de rizo, tampoco eran tan fríos... era un niño, la Manuela. Podía odiarlo, como hace un rato. Y no odiarlo. Un niño, un pájaro. Cualquier cosa menos un hombre. Él mismo decía que era muy mujer. Pero tampoco era verdad. En fin, tiene razón. Si voy a ser puta mejor comenzar con Pancho.

La Manuela terminó de arreglar el pelo de la Japonesita en la forma de una colmena. Mujer. Era mujer. Ella se iba a quedar con Pancho. Él era hombre. Y viejo. Un maricón pobre y viejo. Una loca aficionada a las fiestas y al vino y a los trapos y a los hombres. Era fácil olvidarlo aquí, protegido en el pueblo — sí, tiene razón, mejor quedarnos. Pero de pronto la Japonesita le decía esa palabra y su propia imagen se borroneaba como si le hubiera caído encima una gota de agua y él entonces, se perdía de vista a sí misma, mismo, yo misma no sé, él no sabe ni ve a la Manuela y no quedaba nada, esta pena, esta incapacidad, nada más, este gran borrón de agua en que naufraga.

Al dar los últimos toques al peinado la Manuela sintió a través del pelo que su hija se iba entibiando. Como si de veras le hubiera entregado la cabeza para que se la embelleciera. Esa ayuda ella podía y quería dársela. La Japonesita estaba sonriendo.

—Prenda otra vela para verme mejor...

La prendió y la puso al otro lado del espejo. La Japonesita, con sus dedos, tocó apenas su propia imagen en el jirón de vidrio. Se dio vuelta:

—¿Me veo bien?

Sí, si Pancho Vega no fuera tan bruto entonces ella se enamoraría de él y sería su amante un tiempo hasta que la dejara para irse con otra porque así son de brutos los hombres y después yo sería distinta. Y tal vez no tan avara, pensó la Manuela, tan amarrada con mi plata, que al fin y al cabo harto trabajo me cuesta ganármela. Y yo tal vez no sentiré tanto frío. Un poco de dolor o amargura cuando el bruto de Pancho se fuera, pero qué importaba, nada, si ella, y ella también, quedaba más clara.

Era una de esas noches en que la Manuela hubiera preferido irse a acostar, doblar el vestido, tomar una cápsula, y después, ya, otro día. No ver a nadie hoy porque todo su calor parecía haberse trasvasijado a la Japonesita dejándola a ella, a la Manuela, sin nada. Afuera, las nubes se perseguían por el cielo inmenso que comenzaba a despejarse, y en el patio, la artesa, el gallinero, el retrete, todos los objetos hasta el más insignificante, adquirieron volúmenes, lanzando sombras precisas sobre el agua que ya se consumía bajo el cielo overo. Tal vez, después de todo, no vendría Pancho... tal vez todo no fuera más que una broma de don Alejo, que era tan aficionado a las bromas.

Tal vez por último ni siquiera vendría don Alejo con este frío — él mismo dijo que estaba enfermo y que los médicos lo molestaban con exámenes y dietas y regímenes. Tocó su vestido desmayado sobre la suciedad de las papas, y en el silencio oyó el ronquido de la Lucy al otro lado del patio. Vio su propia cara en el espejo, sobre la cara de su hija, que se miraba extática — las velas, a cada lado, eran como las de un velorio. Su propio velorio tendría así de luz en el mismo salón donde, cuando el calor de la fiesta fundía las durezas de las cosas, ella bailaba. Se iba a quedar eternamente en la Estación El Olivo. Morir aquí, mucho, mucho antes de que muriera esa hija suya que no sabía bailar pero que era joven y era mujer y cuya esperanza al mirarse en el espejo quebrado no era una mentira grotesca.

—¿De veras me veo bien?

—Para lo fea que eres... más o menos...

V

Le pusieron una jarra de vino, del mejor, al frente, pero no lo probó. Mientras hablaba, la Japonesita se sacó una de las horquillas que sostenían su peinado y con ella se rascó la cabeza. Los perros se quedaron echados en el barro de la acera, gruñendo de vez en cuando junto a la puerta o dándole un rasguñón que casi la derribaba.

—Negus, tranquilo... Moro...

La Manuela también se sentó a la mesa. Se sirvió un vaso de tinto, de éste que su hija reservaba para las grandes ocasiones y que nunca le convidaba. La Cloty, la Lucy, la Elvira y otra puta más tomaban mate en un rincón, donde no las pescara el viento que entraba por las rendijas de las puertas y del techo. Cébame otro. No va a venir nadie esta noche. Bostezaban. Seguramente va a cerrar apenas se vaya el caballero y nosotras nos vamos a poder ir a dormir. Elvira, cambia el disco, ponme «Bésame mucho», ay no, otra cosa mejor, algo más alegre. La Elvira le dio cuerda a la victrola encima del mostrador, pero antes de poner otro disco comenzó a limpiarla con un trapo, ordenando a su lado el montón de discos.

Las noticias que trajo don Alejo Cruz fueron malas: no iban a electrificar el pueblo. Quién sabe hasta cuándo. Quizás nunca. El Intendente decía que no tenía tiempo para preocuparse de algo tan insignificante, que el destino de la Estación El Olivo era desaparecer. Ni toda la influencia de don Alejo sumada a la de todos los Cruz convenció al Intendente. Tal vez dentro de un par de años, pero sin seguridad. Que entonces le volviera a hablar del asunto a ver si las cosas se veían más despejadas. Equivalía a un no rotundo. Y don Alejo se lo dijo así, claramente, a la Japonesita. Trató de convencerla de lo lógico que era que el Intendente pensara así, dio razones y explicaciones aunque la Japonesita no dijo ni una sílaba de protesta — sí, pues chiquilla, tan pocos toneleros que quedan, un par creo y viejazos ya, y la demás gente, tú ves, es tan poca y tan pobre, y el tren que ya ni para aquí siquiera, los lunes nomás, para que tú te subas en la mañana y te bajes en la tarde cuando vas a Talca. Hasta la bodega de la estación se está cayendo y hace tanto tiempo que no la uso que ni olor a vino le queda.

—Si hasta la Ludo me dijo esta mañana cuando le fui a pedir hilo colorado, cuando lo encontré a usted, don Alejandro, que estaba pensando irse a Talca. Claro, tiene a su Acevedo en un nicho perpetuo allá y con misas todos los días y una hermana que tiene...

—¿La Ludo? No sabía. Qué raro que la Blanca no me dijo nada y estuvo a verla hace poco. ¿Cómo está la Ludo? ¿Es de ella la casa...?

—Claro, si Acevedo se la compró cuando... Entonces la Manuela se acordó que la Ludo le había dicho que don Alejo quería comprársela, de modo que sabía muy bien de quién era la propiedad. Lo miró, pero cuando sus ojos se encontraron con los del senador los retiró, y mirando a las putas hizo señas para que acercaran el brasero. La Lucy lo puso entre la Japonesita y don Alejo y ella volvió a ofrecerle vino.

—No me desprecie, pues, don Alejo. Es de la cosecha que a usted le gusta. Ni a usted le queda de éste...

—No, gracias, mijita. Me voy. Se está haciendo tarde.

Tomó su sombrero, pero antes de pararse se quedó un rato todavía y cubrió con su manota la mano de la Japonesita, que dejó caer la horquilla en una poza de vino en la mesa.

—Ándate tú también. ¿Para qué te quedas?

La Manuela se encendió para terciar.

—Eso le digo yo, don Alejo. ¿Para qué nos quedamos?

Las putas dejaron de murmurar en el rincón y miraron a la Japonesita como esperando una sentencia. Ella se arrebujó con su chal rosado, haciendo un movimiento de negación con la cabeza, muy lento, muy definitivo, que la Manuela conocía.

—No seas tonta. Ándate a Talca a poner un negocio con la Manuela. Platita tienes harta en el banco. Yo sé porque el otro día le estuve preguntando el estado de tu cuenta al gerente, que es primo mío, y ya quisiera yo... eso me dijo él, muchas propiedades y muchas deudas, pero la Japonesita lo tiene todo saneado. Un restorán cómprate por ejemplo. Si te hace falta yo pido un préstamo para ti en el banco y te hago de aval. Te dan la plata en un par de días, todo arreglado entre amigos, entre gente conocida. Anímate, mujer, mira que esto no es vida. ¿No es cierto Manuela?

—Claro pues, don Alejo, ayúdeme a convencerla...

—¿Para qué le pregunta a él, que no piensa más que en andar de farra por ahí?

—La plata es de los dos, por partes iguales, según tengo entendido. Así lo dejó la Japonesa Grande, ¿no es cierto?

—Sí. Tendríamos que vender la casa...

Don Alejo dejó transcurrir apenas un momento.

—Yo te la compro...

Tenía los ojos gachos, observando la horquilla que flotaba en la mancha de vino. Y en el dorso de la mano bondadosa que cobijaba la mano de la Japonesita ardían vellos dorados. Pero ella, la Manuela, era muy diabla, y no la iba a engañar. Lo conocía desde hacía demasiado tiempo para no darse cuenta de que algo estaba tramando. Siempre había querido pillarlo en uno de esos negocios turbios de que le acusaban sus enemigos políticos. Claro, cuando lo eligieron diputado hacía cerca de veinte años fue mucho venderle sitios baratos a los votantes, con plazos largos, aquí en la Estación, que esto se va para arriba, que tiene mucho futuro, que aquí y que allá, y la gente se puso a pintar las casas y a mejorarlas, porque claro, todo va a subir de precio aquí... y claro, ni alcantarilla, y apenas un par de calles más que eran pura tierra aplanada. ¿Qué quiere hacer con nosotros ahora? ¿No le parece suficiente lo que ya ha hecho? ¿Qué se le ha metido en la cabeza ahora que quiere comprar las pocas casas del pueblo que no son suyas? A ella, a la Manuela que no le vinieran con cuentos. Esta tarde don Alejo no vino a traerles la mala noticia de la electricidad, sino que a proponerles la compra de la casa. Con los años el viejo se estaba poniendo transparente. Sus ojos azules chisporrotearon con el asunto de la casa de la Ludo. Y ahora esta casa... les quería quitar esta casa, que era de la Japonesita y suya. ¡Claro que qué importaba que don Alejo se los pasara a todos por el aro con tal de poder irse a vivir a Talca, aunque perdieran la plata!

—A ti no te gusta este negocio, no te ha gustado nunca, como a tu mamá. Mañana mismo te consigo la plata si quieres, y podemos preparar la escritura de la venta donde el notario, si te decides. Empújala, Manuela. Y te puedo ayudar a buscar un local conveniente, bueno, bien bueno, allí en Talca. ¿Vas a ir en el tren de mañana?

—Sí. Tengo que depositar.

—Entonces...

Ella no contestó.

—Voy a andar por el Banco alrededor de las doce...

Esta vez don Alejo se puso de pie: la almendra de luz de carburo en el pico del chonchón se agitó con el movimiento de la manta. Los perros comenzaron a alborotarse afuera, husmeando el aire del salón por la juntura de la puerta como si quisieron bebérselo. La Manuela y la Japonesita lo siguieron hasta la puerta. Tomó el picaporte. Con la otra mano se puso el sombrero y apagó su rostro. Estuvo así unos instantes diciéndoles cosas, repitiéndoles que lo pensaran, que si querían podían seguir discutiendo el negocio otro día, que él estaba a su disposición, ya sabían el afecto que les tenía de toda la vida, que si querían tasaran la casa, él conocía a un experto serio y estaba dispuesto a pagar el precio de la tasación...

Cuando por fin abrió la puerta y entró el aire con la bocanada de estrellas y volvió a cerrarla, el Wurlitzer se hizo añicos detrás de los ojos fruncidos de la Japonesita. Ella y el pueblo entero quedaron en tinieblas. Qué importaba que todo se viniera abajo, daba lo mismo con tal que ella no tuviera necesidad de moverse ni de cambiar. No. Aquí se quedaría rodeada de esta oscuridad donde nada podía suceder que no fuera una muerte imperceptible, rodeada de las cosas de siempre. No. La electricidad y el Wurlitzer no fueron más que espejismos que durante un instante, por suerte muy corto, la indujeron a creer que era posible otra cosa. Ahora no. No quedaba ni una esperanza que pudiera dolerle, eliminando también el miedo. Todo iba a continuar así como ahora, como antes, como siempre. Volvió a la mesa y se sentó en la silla calentada por la manta de don Alejo. Se inclinó sobre el brasero.

—Tranca la puerta, Cloty...

La Manuela, que se dirigía hacia la victrola, se quedó parada y bruscamente dio media vuelta.

—¿Vamos a cerrar?

—Sí. Ya no va a venir nadie.

—Pero si no va a seguir lloviendo.

—Los caminos deben estar embarrados.

—Pero...

—...y va a escarchar.

La Manuela fue a sentarse al otro lado del brasero y también se inclinó sobre él. La Cloty puso «Flores negras» en la victrola y el disco comenzó a chillar. Las demás putas desaparecieron.

—¿Por qué no le hacemos caso a don Alejo?

Lo dijo porque de pronto vio claro que don Alejo, tal como había creado este pueblo, tenía ahora otros designios y para llevarlos a cabo necesitaba eliminar la Estación El Olivo. Echaría abajo todas las casas, borraría las calles ásperas de barro y boñigas, volvería a unir los adobes de los paredones a la tierra de donde surgieron y araría esa tierra, todo para algún propósito incomprensible. Lo veía. Clarísimo. La electricidad hubiera sido una salvación. Ahora...

—Vámonos hija.

La Japonesita comenzó a hablar sin mirar a la Manuela, escudriñando los carbones encanecidos. Al principio parecía que sólo estuviera canturreando o rezando, pero después la Manuela se dio cuenta de que le estaba hablando a él.

—Saca el disco, Cloty, que no oigo.

—¿Me va a necesitar?

—No.

—Buenas noches, entonces.

—Buenas noches. Yo voy a cerrar después.

Quedaron solos en el salón, sobre el brasero.

—...que todo siga igual. ¿Qué vamos a hacer en un pueblo grande nosotras dos?

Para que se rían... allá nadie nos conoce, y vivir en otra casa. Aquí siempre va a haber huasos que estén calientes o que tengan ganas de emborracharse. No nos vamos a morir de hambre ni de vergüenza. Cuando voy a Talca los lunes me vuelvo temprano a la estación a esperar el tren de vuelta para que la gente no me mire — a veces lo espero más de una hora, dos, y la estación está casi sola...

Cuando la Japonesita se ponía a hablar así a la Manuela le daban ganas de chillar, porque era como si su hija estuviera ahogándolo con palabras, cercándolo lentamente con su voz plana, con ese sonsonete. ¡Maldito pueblo! ¡Maldita chiquilla! Haber creído que porque la Japonesa Grande lo hizo propietario y socio de la casa en la famosa apuesta que gracias a él le ganó a don Alejo, las cosas iban a cambiar y su vida iba a mejorar. Claro que entonces las cosas eran mejores. Hasta los chonchones iluminaban más, no como ahora que comenzaban las lluvias y ay, mi alma, cuatro meses de sentirme fea y vieja, una que podía haber sido reina. Y ahora que don Alejo les ofrecía ayuda para poder irse a Talca las dos tranquilas y contentas y poner algún negocio, de géneros le gustaría a ella porque de trapos sí que entendía, pero no, la chiquilla se ponía a hablar y no paraba nunca, así, despacito, construyendo una muralla alrededor de la Manuela. La Japonesita dio vuelta al tornillo para quitarle luz al chonchón.

—Deja eso.

Lo dejó por un instante pero luego volvió a manipular el tornillo de la lámpara.

—Deja eso, te digo, mierda...

La Japonesita se sobresaltó con el grito de la Manuela, pero siguió disminuyendo la luz, como si no hubiera oído. Yo no existo ni aunque grite. Hasta que un buen día ella, que podía haber sido la reina de las casas de putas desde Chanco a Constitución, desde Villa Alegre hasta San Clemente, reina de las casas de putas de toda la provincia, estirara la pata y llegara la pelada para llevársela para siempre. Entonces, ninguna maña ni ningún chisme podría convencer a esa vieja de porquería que la dejara un poquito más, para qué quieres quedarte, Manuela por Dios, vamos para allá que está mucho mejor el negocio al otro lado, y la enterraran en un nicho en el cementerio de San Alfonso bajo una piedra que dijera «Manuel González Astica» y entonces, durante un tiempo, la Japonesita y las chiquillas de aquí de la casa le llevarían flores pero después seguro que la Japonesita se iba a otra parte, y claro, la Ludo también se moriría y no más flores y nadie en toda la región, nada más que algunos viejos gargajientos, se acordarían que allí yacía la gran Manuela.

Fue a la victrola a poner otro disco.

Flores negras
del destino
en mi soledad
tu alma me dirá
te quierooooooooo...

La Manuela detuvo el disco. Puso la mano encima de la placa negra. La Japonesita también se había puesto de pie. En el centro de la noche, allá lejos, en el camino que venía desde la carretera longitudinal al pueblo, se irguió un bocinazo caliente como una llama, insistente, colorado, que venía acercándose. Una bocina. Otra vez. Para hacerse el gracioso, el imbécil, despertando a todo el mundo a esta hora. Iba entrando al pueblo. El camión con llantas dobles en las ruedas de atrás. Tocando todo el tiempo, ahora frente a la capilla, sí, sí, tocando y tocando porque seguro que el bruto viene borracho. La Manuela, con los escombros de su cara ordenados, sonreía.

—Apaga el chonchón, tonta.

Antes de que apagara, la Manuela alcanzó a ver que en la cara de su hija había una sonrisa — tonta, no le tiene miedo a Pancho, seguro que quiere que venga, que lo espera, tiene ganas la tonta, y una también esperando, vieja verde... pero era importante que Pancho creyera que no había nadie. Que no entrara, que creyera que estaban todos dormidos en la casa. Que supiera que no lo estaban esperando y que no podía entrar aunque quisiera.

—Viene.

—Qué vamos a hacer...

—No te muevas.

La bocina se acerca a través de la noche y llega clara, como si en toda la llanura estriada de viñas no hubiera nada que se interpusiera. La Manuela se acercó a la puerta en la oscuridad. Quitó la tranca. ¡A esta hora, sinvergüenza, despertando a todo el pueblo! Se quedó al lado de la puerta mientras la bocina llamaba, despertaba cada músculo, cada nervio y los dejaba vivos y colgando, listos para recibir heridas o choques — esa bocina no cesaba. Ahora venía, sí, frente a la casa... los oídos dolían y la Japonesita cerró los ojos y se cubrió los oídos. Pero igual que la Manuela, sonreía.

—Pancho...

—¿Qué vamos a hacer?

VI

Las mujeres del pueblo se pusieron de acuerdo de no protestar por tener que quedarse en sus casas esa noche, sabiendo perfectamente que todos los hombres iban donde la Japonesa. La esposa del Jefe de Estación, la del Sargento de Carabineros, la del Maestro, la del Encargado de Correos, todas sabían que iban a festejar el triunfo de don Alejandro Cruz y sabían dónde y cómo lo iban a festejar. Pero porque se trataba de una fiesta en honor del señor y porque cualquier cosa que se relacionara con el señor era buena, por esta vez no dijeron nada.

Esa mañana habían visto bajar del tren de Talca a las tres hermanas Farías, gordas como toneles, retacas, con sus vestidos de seda floreada ciñéndoles las cecinas como zunchos, sudando con la incomodidad de tener que transportar las guitarras y el arpa. Bajaron también dos mujeres más jóvenes, y un hombre, si es que era hombre. Ellas, las señoras del pueblo, mirando desde cierta distancia, discutían qué podía ser: flaco como palo de escoba, con el pelo largo y los ojos casi tan maquillados como los de las hermanas Farías. Paradas cerca del andén, tejiendo para no perder el tiempo y rodeadas de chiquillos a los que de vez en cuando tenían que llamar a gritos para que no se acercaran a mendigarle a los forasteros, tuvieron tema para rato.

—Debe de ser el maricón del piano.

—Si la Japonesa no tiene piano.

—De veras.

—Decían que iba a comprar.

—Artista es, mira la maleta que trae.

—Lo que es, es maricón, eso sí...

Y los chiquillos los siguieron por el polvo de la calzada hasta la casa de la Japonesa. Las señoras, de regreso a sus casas a almorzar, conminaron a sus maridos para que no dejaran de acordarse de todos los detalles de lo que esa noche pasaría en la casa de la Japonesa, y que si fuera posible, si hubiera alguna golosina novedosa, cuando nadie los estuviera viendo se echaran algo al bolsillo para ellas, que al fin y al cabo se iban a quedar solas en sus casas, aburriéndose, mientras ellos hacían quién sabe qué en la fiesta. Claro que hoy no tenía importancia que se emborracharan. Esta vez la causa era buena. Que se estuvieran cerca de don Alejandro, eso era lo importante, que él los viera en su celebración, que de pasada y como quien no quiere la cosa le recordaran el asunto del terrenito, y de esa partida de vino que prometió venderles con descuento, sí, que cantaran juntos, que bailaran, que hicieran las mil y una, hoy no importaba con tal que las hicieran con el señor.

Durante meses el pueblo estuvo tapizado de carteles con el retrato de don Alejandro Cruz, unos en verde, otros en sepia, otros en azul. Los chiquillos patipelados corrían por todas partes lanzando volantes, o entregándoselos innecesaria y repetidamente a quien pasara, mientras los más chicos, a los que no se confió propaganda política, los recogían y hacían con ellos botes de papel o los quemaban o se sentaban en las esquinas contándolos a ver quién tenía más. La Secretaría funcionaba en el galpón del correo, y noche a noche se reunían allí los ciudadanos de la Estación El Olivo para avivar su fe en don Alejo y concertar citas y excursiones por los campos y pueblos cercanos para propagar esa fe. Pero el verdadero corazón de la campaña era la casa de la Japonesa. Allí se reunían los cabecillas, de allí salían las órdenes, los proyectos, las consignas. Nadie que no fuera partidario de don Alejo entraba a su casa ahora, y las mujeres, adormecidas en los rincones sin nada que hacer, oían las voces que en las mesas del salón, alrededor del vino y de la Japonesa, programaban incansablemente. Durante el último mes sobre todo, cuando la proximidad del triunfo enardeció la verba de la patrona haciéndola olvidar todo salvo su pasión política, escanciaba generosa su vino para cualquier visitante cuya posición fuera vacilante o ambigua, y en el curso de unas cuantas horas la dejaba firme como un peral o la definía tajante como un cuchillo.

Las elecciones fueron diez días antes pero recién ahora don Alejo regresaba al pueblo. El salón y el patio de la Japonesa estaban tapizados con retratos del nuevo diputado. Las invitaciones atrajeron a lo más selecto de la comarca, desde habitantes escogidos de El Olivo, hasta los administradores, mayordomos y técnicos viñateros de los fundos cercanos. Y de Talca la Japonesa encargó a su amiga la Pecho de Palo que le mandara dos putas de refuerzo, a las hermanas Farías para que no faltara música y a la Manuela, el maricón ese tan divertido que hacía números de baile.

—Mi plata que me va a costar. Pero algún gusto tengo que darme, y todo sea para que El Olivo tenga el futuro que nos promete el flamante diputado don Alejandro Cruz, aquí presente, orgullo de la Zona...

Claro que la Japonesa se daba muchos gustos. Ya no era tan joven, es cierto, y los últimos años la engordaron tanto que la acumulación de grasa en sus carrillos le estiraba la boca en una mueca perpetua que parecía — y casi siempre era sonrisa. Sus ojos miopes, que le valieron su apodo, no eran más que dos ranuras oblicuas bajo las cejas dibujadas muy altas. En sus mocedades había tenido amores con don

Alejo. Murmuraban que él la trajo a esta casa cuando la dueña era otra, muerta hacía muchos años. Pero sus amores eran cosa del pasado, una leyenda en la que se enraizaba la realidad actual de una amistad que los unía como a conspiradores. Don Alejo solía pasar largas temporadas de trabajo o en el fundo sin ir a la ciudad hasta después de la vendimia, o para la poda o la desinfección, muchas veces sin su esposa y sin su familia, lo que le resultaba aburrido. Entonces, en la noche, después de comida, echaba sus escapaditas a la Estación para tomar unas cuantas copas y reírse un rato con la Japonesa Grande. En esas temporadas ella se encargaba de tener una mujer especial para don Alejo, que nadie más que él tocaba. Era generoso. La casa que ocupaba la Japonesa era una antiquísima propiedad de los Cruz y se la daba en un arriendo anual insignificante. Y todas las noches, invierno o verano, la gente de los fundos de alrededor, los administradores y los viñateros y los jefes mecánicos, y a veces hasta los patrones menos orgullosos y los hijos de los patrones que era necesario echar cuando aparecían los padres, solían ir a la casa de la Japonesa en la Estación El Olivo. No tanto para meterse en cama con las mujeres aunque siempre había jóvenes y frescas, sino para entretenerse un rato hablando con la Japonesa o tomándose una jarra o jugando una mano de monte o de brisca en un ambiente alegre pero seguro, porque la Japonesa no abría las puertas de su casa a cualquiera. Siempre gente fina. Siempre gente con los bolsillos llenos. Por eso es que ella pertenecía al partido político de don Alejo, el partido histórico, tradicional, de orden, el partido de la gente decente que paga las deudas y no se mete en líos, esa gente que iba a su casa a divertirse y cuya fe en que don Alejo haría grandes cosas por la región era tan inquebrantable como la de la Japonesa.

—Tengo derecho a darme mis gustos.

El gran gusto de su vida fue dar la fiesta esa noche. Apenas llegó la Manuela, la Japonesa se adueñó de él. Creyó que el bailarín de quien le habían hablado era más joven: éste andaba pisando los cuarenta, igual que ella. Mejor, porque los chiquillos jóvenes, cuando los clientes se emborrachaban, le hacían la competencia a las mujeres: mucho lío. Como la Manuela llegó temprano en la mañana y no iba a tener nada que hacer hasta tarde en la noche, al principio anduvo mirando por ahí, hasta que la Japonesa le hizo una seña que se acercara.

—Ayúdame a poner estas ramas aquí en la tarima.

La Manuela tomó el asunto de la decoración en sus manos: tanta rama no, dijo, las hermanas Farías son demasiado gordas y con tanta arpa y guitarra y además las ramas, no se van a ver. Mejor poner ramas arriba nomás, ramas de sauce amarradas con cinta de papel de color, que cayeran como una lluvia verde, y al pie de la tarima, enmarcado también en ramas frescas de sauce llorón, el retrato de don Alejo más grande que se pudiera conseguir. La Japonesa quedó feliz con el resultado. Manuela, ayúdame a colgar las guirnaldas de papel, Manuela dónde será mejor ubicar el poyo para asar los lechones, Manuela échale una mirada al aliño de las ensaladas, Manuela esto, Manuela lo otro, Manuela lo de más allá. Toda la tarde y a cada orden o pedido de la Japonesa, la Manuela sugería algo que hacía que las cosas se vieran bonitas o que el condimento para el asado quedara más sabroso. La Japonesa, ya tarde, se dejó caer en una silla en el medio del patio, bastante borracha, con los ojos fruncidos para ver mejor, dando órdenes a gritos, pero tranquila porque la Manuela lo hacía todo tan bien.

—Manuela ¿trajeron la frutilla para el borgoña?

—Manuela, pongamos más flores en ese adorno.

La Manuela corría, obedecía, corregía, sugería.

—Lo estoy pasando regio.

La Pecho de Palo le había dicho que la Japonesa era buena gente, pero no tanto como esto. Tan sencilla ella, dueña de casa y todo. Cuando la Japonesa fue a su pieza a vestirse, la Manuela la acompañó para ayudarla: al rato salió muy elegante con su vestido de seda negra escotado en punta adelante, y todo el pelo reunido en un moño discreto pero lleno de coquetería. El vino comenzó a correr apenas llegaron los primeros invitados, mientras el aroma de los lechones que comenzaban a dorarse y del orégano y el ajo recalentado de las salsas y de las cebollas y pepinos macerándose en los jugos de las ensaladas, se extendieron por el patio y el salón.

Don Alejo llegó a las ocho, bastante achispado. Entre aplausos abrazó y besó a la Japonesa, cuyo rimmel se le había corrido con la transpiración o con el llanto emocionado. Entonces las hermanas Farías se subieron a la tarima y comenzó la música y el baile. Muchos hombres se quitaron las chaquetas y quedaron en suspensores. El floreado de los vestidos de las mujeres se oscureció con sudor debajo de los brazos. Las hermanas Farías parecían inagotables, como si a cada tonada les dieran cuerda de nuevo y no existiera ni el calor ni la fatiga.

—Que pongan otra jarra...

La Japonesa y don Alejo no tardaron en despacharse la primera y ya pedían la segunda. Pero antes de comenzarla el diputado sacó a bailar a la dueña de casa mientras los demás les hacían rueda. Después se fueron a sentar otra vez. La Japonesa llamó a la Rosita, traída especialmente de Talca para don Alejo.

—¿Ve pues don Alejo? Mire estas nalgas, toque, toque, como a usted le gustan, blanditas, puro cariño. Para usted se la traje, yo sabía que le iba a gustar, no voy a conocer sus gustos... Ya, déjeme, mire que estoy vieja para esas cosas. Sí, ve, y la Rosita ya no es tan joven, porque sé que usted le hace ascos a las chiquillas muy chiquillas...

El diputado palpó las nalgas ofrecidas y después la hizo sentarse a su lado y le metió la mano por debajo de la falda. El Jefe de Estación quiso bailar con la Japonesa, pero ella le dijo que no, que esta noche se iba a dedicar a atender a su invitado de honor. Ella misma escogió las presas más doradas del lechón vigilando a don Alejo para que comiera bien hasta que salió a bailar con la Rosita, sus bigotes manchados con salsa y orégano y el mentón y los dedos embarrados con la grasa. La Manuela se acercó a la Japonesa.

—Quiubo...

—Siéntate...

—¿Y don Alejo?

—Si cabes. No dice nada el futre.

—Bueno.

—¿Te serviste de todo?

—Estaba rico. Un vasito de vino me falta.

—Toma de éste.

—¿A qué hora voy a bailar?

—Espera a que se caliente un poco la fiesta.

—Sí, es mejor. El otro día anduve bailando en Constitución. Regio me fue y me quedé a pasar el fin de semana en la playa. ¿Tú no vas nunca a Constitución? Tan bonito, el río y todo y tan buen marisco. La dueña de la casa donde estuve te conoce. Olga se llama y dice que es medio gringa. Nada de raro porque es harto pecosa, por aquí en los brazos. No si soy de aquí yo, nací en un fundo cerca de Maule, sí, ahí mismito, ah, así que tú también has andado por ese lado. Bah... somos compatriotas. No. Me fui al pueblo y después trabajaba con una chiquilla y recorrimos todos los pueblos para el Sur, sí, le iba bien, pero no creas que a mí me iba tan mal, claro que para callado. Pero era joven entonces, ya no. Qué sé yo qué será de ella, hasta en un circo trabajamos una vez. Pero no nos fue nada de bien. Yo prefiero este trabajo. Claro, una se cansa de tanto andar y todos los pueblos son iguales. No, si la Pecho de Palo se está poniendo muy mañosa. Más de sesenta, muchísimo más, cerca de los setenta. ¿No te has fijado cómo tiene las piernas de várices? Y tan lindas piernas que dicen que tenía. En la maleta traje el vestido. Sí. Es de lo más bonito. Colorado. Me lo vendió una chiquilla que trabajaba en el circo. Ella lo había usado poquito, pero necesitaba plata así que me lo vendió. Yo lo cuido como hueso de santo porque es fino, y como yo soy tan negra el colorado me queda regio. Oye... ¿Ya?

—Espera.

—¿En cuánto rato más?

—Como en una hora.

—¿Pero me cambio?

—No. Mejor la sorpresa.

—Bueno.

—Puchas que estái apurada.

—Claro. Es que me gusta ser la reina de la fiesta.

Dos hombres que oyeron el diálogo comenzaron a reírse de la Manuela, tratando de tocarla para comprobar si tenía o no pechos. Mijita linda... qué será esto. Déjeme que la toquetee, ándate para allá roto borracho, que venís a toquetearme tú. Entonces ellos dijeron que era el colmo que trajeran maricones como éste, que era un asco, que era un descrédito, que él iba a hablar con el Jefe de Carabineros que estaba sentado en la otra esquina con una de las putas en la falda, para que metiera a la Manuela a la cárcel por inmoral, esto es una degeneración. Entonces la Manuela lo rasguñó. Que no se metiera con ella. Que él podía delatar al Jefe de Carabineros por estar medio borracho. Que tuviera cuidadito, porque la Manuela era muy conocida en Talca y tenía muy buen trato con la policía. Una es profesional, me pagaron para que haga mi show...

La Japonesa fue a buscar a don Alejo y lo trajo apurada para que interviniera.

—¿Qué te están haciendo, Manuela?

—Este hombre me está molestando.

—¿Qué te está haciendo?

—Me está diciendo cosas...

—¿Qué cosas?

—Degenerado... y maricón...

Todos se rieron.

—¿Y no eres?

—Maricón seré pero degenerado no. Soy profesional. Nadie tiene derecho a venir a tratarme así. ¿Qué se tiene que venir a meter conmigo este ignorante? ¿Quién es él para venir a decirle cosas a una, ah? Si me trajeron es porque querían verme, así que... Si no quieren show, entonces bueno, me pagan la noche y me voy, yo no tengo ningún interés en bailar aquí en este pueblo de porquería lleno de muertos de hambre...

—Ya, Manuela, ya... toma...

Y la Japonesa lo hizo tomarse otro vaso de tinto.

Don Alejandro dispersó el grupo. Se sentó a la mesa, llamó a la Japonesa, echó a alguien que quiso sentarse con ellos, y sentó a un lado suyo a la Rosita y al otro a la Manuela: brindaron con el borgoña recién traído.

—Porque sigas triunfando, Manuela...

—Lo mismo por usted, don Alejo.

Cuando don Alejo salió a bailar con la Rosita, la Japonesa acercó su silla a la de la Manuela.

—Le caíste bien al futre, niña. Eso se nota de lejos. No, no hay nadie como don Alejo, es único. Aquí en el pueblo es como Dios. Hace lo que quiere. Todos le tienen miedo. ¿No ves que es dueño de todas las viñas, de todas, hasta donde se alcanza a ver? Y es tan bueno que cuando alguien lo ofende, como éste que te estuvo molestando, después se olvida y los perdona. Es bueno o no tiene tiempo de preocuparse de gente como nosotros. Tiene otras preocupaciones. Proyectos, siempre. Ahora nos está vendiendo terrenos aquí en la Estación, pero yo lo conozco y no he caído todavía. Que todo se va a ir para arriba. Que para el otro año va a parcelar una cuadra de su fundo y va a hacer una población, va a vender propiedades modelo, dice, con facilidades de pago, y cuando haya vendido todos los sitios de su parcelación va a conseguir que pongan electricidad aquí en el pueblo y entonces sí que nos vamos a ir todos para arriba como la espuma. Entonces vendrían de todas partes a mi casa, que tú sabes que tiene nombre, de Duao y de Pelarco... Me agrandaría y mi casa sería más famosa que la de la Pecho de Palo. Ay, Manuela, qué hombre éste, tan enamoradaza que estuve de él. Pero no se deja agarrar. Claro que tiene señora, una rubia muy linda, muy señora, distinguida ella te diré, y otra mujer más en Talca y qué sé yo cuántas más en la capital. Y todas trabajando como chinas por él en las elecciones. Si hubieras visto a Misia Blanca, hasta sin medias estaba, y la otra mujer, la de Talca, también, trabajando por él, para que saliera. Claro, a todos nos conviene. Y el día de las elecciones él mismo vino con un camión y a todos los que no querían ir a votar los echó arriba a la fuerza y vamos mi alma, a San Alfonso a votar por mí, y les dio sus buenos pesos y quedaron tan contentos que después andaban preguntando por ahí cuándo iba a haber más elecciones. Claro que hubieran votado por él de todas maneras. Si es el único candidato que conocen. Los otros por los cartelones de propaganda nomás, mientras que don Alejo, a él sí que sí. ¿Quién no lo ha visto pasar por estos caminos en su tordillo, rumbo a la feria de los lunes en San Alfonso? Y además de su platita, a los que votaron por él les dio sus buenos tragos de vino y mató un novillo, dicen, para tener asado todo el día, y de San Alfonso los hizo traer para acá en camión otra vez, tan bueno el futre dicen que decían, pero después desapareció porque se tuvo que ir a la capital a ver cómo fue la cosa... Mira cómo baila el Jefe de Estación con esa rucia...

La Japonesa fruncía los ojos para alcanzar a ver los extremos del patio: cuando no podía ver algo, le decía a la Manuela que le soplara si la rucia todavía está bailando con el mismo, y con quién está ahora el sargento Buendía y si las cocineras están poniendo más lechón al fuego mira que ahora pueden no tener hambre pero en poquito rato más van a querer comer otra vez.

Don Alejo se acercó a la mesa. Con sus ojos de loza azulina, de muñeca, de bolita, de santo de bulto, miró a la Manuela, que se estremeció como si toda su voluntad hubiera sido absorbida por esa mirada que la rodeaba, que la disolvía. ¿Cómo no sentir vergüenza de seguir sosteniendo la mirada de esos ojos portentosos con sus ojillos parduzcos de escasas pestañas? Los bajó.

—¿Quiubo, mijita?

La Manuela lo miró de nuevo y sonrió.

—¿Vamos, Manuela?

Tan bajo que lo dijo. ¿Era posible, entonces...?

—Cuando quiera, don Alejo.

Su escalofrío se prolongaba, o se multiplicaba en escalofríos que le rodeaban las piernas, todo, mientras esos ojos seguían clavados en los suyos... hasta que se disolvieron en una carcajada. Y los escalofríos de la Manuela terminaron con un amistoso palmotazo de don Alejo en la espalda.

—No, mujer. Era broma nomás. A mí no me gusta...

Y tomaron juntos, la Manuela y don Alejo, riéndose. La Manuela, todavía envuelta en una funda de sensaciones, tomó sorbitos cortos, y cuando todo pasó, sonrió apenas, suavemente. No recordaba haber amado nunca tanto a un hombre como en este momento estaba amando al diputado don Alejandro Cruz. Tan caballero él. Tan suave, cuando quería serlo. Hasta para hacer las bromas que otros hacían con jetas mugrientas de improperios, él las hacía de otra manera, con una sencillez que no dolía, con una sonrisa que no tenía ninguna relación con las carcajadas que daban los otros machos. Entonces la Manuela se rió, tomándose lo que le quedaba de borgoña en el vaso, como para ocultar detrás del vidrio verdoso un rubor que subió hasta sus cejas depiladas: ahí mismo, mientras empinaba el vaso, se forzó a reconocer que no, que cualquier cosa fuera de esta cordialidad era imposible con don Alejo. Tenía que romper eso que sentía si no quería morirse. Y no quería morir. Y cuando dejó de nuevo el vaso en la mesa, ya no lo amaba. Para qué. Mejor no pensar.

Don Alejo estaba besando a la Rosita, la mano metida debajo de la falda. La retiró para alisarse el pelo cuando un grupo de hombres acercaron sus sillas a la mesa. Claro, él les había prometido agrandar los galpones junto a la estación en cuanto lo eligieran, sí, y claro, acuérdese de la electricidad en cuanto pueda y lo de aumentar la guarnición de carabineros especialmente en tiempos de vendimia, por los afuerinos, que iban vagando de viña en viña buscando trabajo y a veces robando, sí, que se acordara, no me lo vaya a poner orgulloso este triunfo, no se vaya a olvidar de nosotros pues don Alejo que lo ayudamos cuando usted nos necesitó, porque al fin y al cabo usted es el alma del pueblo, el puntal, y sin usted el pueblo se viene abajo, sí señor, póngale otro poco don Alejo, no me desprecie, y déle más a su chiquilla mire que está con sed y si no la atiende capaz que se vaya con otro, pero como le iba diciendo, patrón, los galpones se llueven todos y son harto chicos, no me diga que no ahora después que lo ayudamos, si usted dijo. Él contestaba atusándose los bigotes de vez en cuando. La Manuela le guiñó un ojo porque vio que estaba ahogando los bostezos. Sólo ella se había dado cuenta de que estaba aburrido, tarareando lo que cantaban las hermanas Farías: ésta no es conversación para fiesta. Qué latosos son los hombres con sus cosas de negocios no es verdad don Alejo le decía la Manuela con la mirada, hasta que don Alejo no pudo reprimir un bostezo descomunal, baboso, que descubrió hasta la campanilla y todo su paladar rosado terminando en el vértigo de su tráquea, y ellos, mientras don Alejo bostezaba en sus caras, se callaron. Entonces, en cuanto volvió a cerrar la boca, con los ojos lagrimeantes, buscó la cara de la Manuela.

—Oye, Manuela...

—¿Qué, don Alejo?

—¿No ibas a bailar? Esto se está muriendo.

VII

La Manuela giró en el centro de la pista, levantando una polvareda con su cola colorada. En el momento mismo en que la música se detuvo, arrancó la flor que llevaba detrás de la oreja y se la lanzó a don Alejo, que levantándose la alcanzó a atrapar en el aire. La concurrencia rompió en aplausos mientras la Manuela se dejaba caer acezando en la silla junto a don Alejo.

—Vamos a bailar, mijita...

Las voces agudas y gangosas de las hermanas Farías volvieron a adueñarse del patio. La Manuela, con la cabeza echada hacia atrás y el talle quebrado se prendió a don Alejo y juntos dieron unos pasos de baile entre la alegría de los que hacían ruedo. Se acercó el Encargado de Correos y le arrebató la Manuela a don Alejo. Alcanzaron a dar una vuelta a la pista antes de que el Jefe de Estación se acercara a quitársela y después otros y otros del círculo que se iba estrechando alrededor de la Manuela. Alguien la tocó mientras bailaba, otro le hizo una zancadilla. El viñatero jefe de un fundo vecino le arremangó la falda y al verlo, los que se agrupaban alrededor para arrebatarse a la Manuela, ayudaron a subirle la falda por encima de la cabeza, aprisionando sus brazos como dentro de una camisa de fuerza. Le tocaban las piernas flacas y peludas o el trasero seco, avergonzados, ahogándose de risa.

—Está caliente.

—Llega a echar humito.

—Vamos a echarla al canal.

Don Alejo se puso de pie.

—Vamos.

—Hay que refrescarla.

Entre varios tomaron a la Manuela en peso. Sus brazos desnudos trazaban arabescos en el aire, dejándose transportar mientras lanzaba trinos. En la claridad de la calle avanzaron hacia los eucaliptos de la Estación. Don Alejo mandó que cortaran los alambrados, que al fin y al cabo eran suyos, y abriéndose brecha entre las zarzas, llegaron al canal que limitaba sus viñas y las separaba de la Estación.

—Uno... dos... tres y chaaaaaassss...

Y lanzaron a la Manuela al agua. Los hombres que la miraban desde arriba, parados entre la mora y el canal, se ahogaban de risa, señalando a la figura que hacía poses y bailaba, sumida hasta la cintura en el agua, con el vestido flotando como una mancha alrededor suyo y cantando *El relicario.* Que se atrevieran, los azuzaba, que le gustaban todos, cada uno en su estilo, que no fueran cobardes delante de una pobre mujer como ella, gritaba quitándose el vestido que lanzó a la orilla. Uno de los hombres trató de mear a la Manuela, que pudo esquivar el arco de la orina. Don Alejo le dio un empujón, y el hombre, maldiciendo, cayó en el agua, donde se unió durante un instante a los bailes de la Manuela. Cuando por fin les dieron la mano para que ambos subieran a la orilla todos se asombraron ante la anatomía de la Manuela.

—¡Qué burro...!

—Mira que está bien armado...

—Psstt, si éste no parece maricón.

—Que no te vean las mujeres, que se van a enamorar.

La Manuela, tiritando, contestó con una carcajada.

—Si este aparato no me sirve nada más que para hacer pipí.

Don Alejo regresó con un grupo a la casa de la Japonesa. Algunos se fueron a sus casas sin que los demás notaran. Otros, con el cuerpo pesado por el vino, se dejaron caer entre la maleza a la orilla de la calle o en la estación, para dormir la borrachera. Pero a don Alejo todavía le quedaban ganas de fiesta. Mandó a las hermanas Farías que se volvieran a subir en la tarima para cantar. Con algunos amigotes se sentó a una mesa donde quedaba un plato con huesos fríos y la grasa opacando la hoja del cuchillo. La Japonesa se les unió, para escuchar los pormenores del baño de la Manuela.

—Y dice que no le sirve más que para mear.

La Japonesa alzó la cabeza fatigada para mirarlos.

—Eso dirá él, pero yo no le creo.

—¿Por qué?

—No sé, porque no...

Lo discutieron un rato.

La Japonesa se acaloró. Su pecho mullido subía y bajaba con la pasión de su punto de vista: que sí, que la Manuela sería capaz, que con tratarla de una manera especial en la cama para que no tuviera miedo, un poco como quien dijera, bueno, con cuidado, con delicadeza, sí, la Japonesa Grande estaba segura de que la Manuela podría. Los hombres sintieron una ola de calor que emanaba de su cuerpo seguro de su ciencia y de sus encantos ya tal vez un poco pasados de punto, pero por lo mismos más cálidos y afectivos... sí, sí... yo sé... y de todos los hombres que la escucharon entonces diciendo que sí, que yo puedo calentar a la Manuela por muy maricón que sea, ninguno hubo que no hubiera dado mucho por tomar el sitio de la Manuela. La Japonesa se enjugó la frente. Pasó la punta de su lengua rosada por sus labios, que durante un minuto quedaron brillantes. Don Alejo se estaba riendo de ella.

—Si ya estái vieja, que vai a poder...

—Bah, más sabe el diablo por viejo que...

—¡Pero la Manuela! No, no, te apuesto que no.

—Bueno. Yo le apuesto a que sí.

Don Alejo cortó su risa.

—Ya está. Ya que te creís tan macanuda te hago la apuesta. Trata de conseguir que el maricón se caliente contigo. Si consigues calentarlo y que te haga de macho, bueno, entonces te regalo lo que quieras, lo que me pidas. Pero tiene que ser con nosotros mirándote, y nos hacen cuadros plásticos.

Todos se quedaron en silencio esperando la respuesta de la Japonesa, que le hizo señas a las hermanas Farías para que volvieran a cantar y pidió otro jarro de vino.

—Bueno. ¿Pero qué me regala?

—Te digo que lo que quieras.

—¿Y si yo le pidiera que me regalara el fundo El Olivo?

—No me lo vas a pedir. Eres una mujer inteligente y sabes muy bien que no te lo daría. Pídeme algo que te pueda dar.

—O que usted quiera darme.

—No, que pueda...

No había forma de romper la barrera. Mejor no pensar.

—Bueno, entonces...

—¿Qué?

—Esta casa.

Cuando primero se habló de la apuesta había pensado pedirle sólo unos cuantos barriles de vino, del bueno, que sabía que don Alejandro le mandaría sin hacerse de rogar. Pero después le dio rabia y pidió la casa. Hacía tiempo que la quería. Quería ser propietaria. Cómo se siente una cuando es propietaria, yo dueña de esta casa en que entré a trabajar cuando era chiquilla. Nunca soñé con ser propietaria. Sólo ahora, por la rabia que le daba que don Alejo contara con lo que llamaba su «inteligencia» y abusaba de ella. Si se quería reír de la Manuela, y de todos, y de ella, bueno, entonces que pagara, que no contara conque ella fuera razonable. Que pagara. Que le regalara la casa si era tan poderoso que podía dominarlos así.

—Si esta casa no vale nada, pues, Japonesa.

—¿Qué no dice que todo va a subir tanto de precio aquí en la Estación?

—Sí, mujer, pero...

—Yo la quiero. No se me corra, pues don Alejo. Mire que aquí tengo testigos, y después pueden decir por ahí que usted no cumple sus promesas. Que da mucha esperanza y después, nada...

—Trato hecho, entonces.

Entre los aplausos de los que asistieron a la apuesta, don Alejo y la Japonesa chocaron sus vasos llenos y se los zamparon al seco. Don Alejo se paró a bailar con la Rosita. Después se fueron para adentro a pasar un rato juntos. Entonces la Japonesa se limpió la boca con el dorso de la mano, y cerrando los ojos, gritó:

—Manuela...

Las pocas parejas que bailaban se detuvieron.

—¿Dónde está la Manuela?

La mayor parte de las mujeres ya habían formado parejas cuya estabilidad duraría lo que quedaba de la noche. La Japonesa cruzó bajo el parrón cuyas hojas comenzaban a tiritar con el viento y entró a la cocina. Estaba oscura. Pero sabía que estaba allí junto a la cocina negra pero caliente aún.

—Manuela... ¿Manuela?

Lo sintió tiritar junto a las brasas. Mojado el pobre, y cansado con tanta farra. La Japonesa se fue acercando al rincón donde sintió que estaba la Manuela, y lo tocó. Él no dijo nada. Luego apoyó su cuerpo contra el de la Manuela. Encendió una vela. Flaco, mojado, reducido, revelando la verdad de su estructura mezquina, de sus huesos enclenques como la revela un pájaro al que se despluma para echarlo a la olla. Tiritando junto a la cocina envuelto en la manta que alguien le había prestado.

—¿Tienes frío?

—Son tan pesados...

—Brutos.

—A mí no me importa. Estoy acostumbrada. No sé por qué siempre me hacen esto o algo parecido cuando bailo, es como si me tuvieran miedo, no sé por qué, siendo que saben que una es loca. Menos mal que ahora me metieron al agua nomás, otras veces es mucho peor, vieras...

Y riéndose agregó:

—No te preocupes. Está incluido en el precio de la función.

La Japonesa no pudo dejar de tocarlo, como buscando la herida para cubrirla con su mano. Se le había pasado la borrachera y a él también. La Japonesa se sentó en un piso y le contó lo de la apuesta.

—¿Estás mala de la cabeza, Japonesa, por Dios? ¿No ves que soy loca perdida? Yo no sé. ¡Cómo se te ocurre una cochinada así!

Pero la Japonesa le siguió hablando. Le tomó la mano sin urgencia. Él se la quitó, pero mientras hablaba volvió a tomársela y él ya no se la quitó. No, si no quería, que no hiciera nada, ella no iba a obligarlo, no importaba, era sólo cuestión de hacer la comedia. Al fin y al cabo nadie iba a estar vigilándolos de cerca sino que desde la ventana y sería fácil engañarlos. Era cuestión de desnudarse y meterse juntos a la cama, ella le diría qué cara pusiera, todo, y a la luz de la vela no era mucho lo que se vería, no, no, no. Aunque no hicieran nada. No le gusta el cuerpo de las mujeres. Esos pechos blandos, tanta carne de más, carne en que se hunden las cosas y desaparecen para siempre, las caderas, los muslos como dos masas inmensas que se fundieran al medio, no. Sí, Manuela, cállate, te pago, no digas que no, vale la pena porque te pago lo que quieras. Ahora sé que tengo que tener esta casa, que la quiero más que cualquier otra cosa porque el pueblo se va a ir para arriba y yo y la casa con el pueblo, y puedo, y es posible que llegue a ser mía esta casa que era de los Cruz. Yo la arreglaría. A don Alejandro no le gustó nada que yo se la pidiera. Yo sé por qué, porque dicen que el camino longitudinal va a pasar por aquí mismo, por la puerta de la casa. Sí, porque sabe lo que va a valer y no quiere perderla, pero le dio miedo que los otros que oían la apuesta le dijeran que se achicaba o se corría... y entonces dijo que bueno y puede ser mía. Traería artistas, a ti, Manuela, por ejemplo, te traería siempre. Sí. Te pago. Nada más que por estar desnuda un rato conmigo en la cama. Un rato, un cuarto de hora, bueno, diez, no, cinco minutos... y nos reiríamos, Manuela, tú y yo, ya estoy aburrida de esos hombronazos que me gustaban antes cuando era más joven, que me robaban plata y me hacían lesa con la primera que se les ponía por delante, estoy aburrida, y las dos podemos ser amigas, siempre que fuera mía, mi casa, mía, si no, y seguiré siempre así pendiente de don Alejo, de lo que quiera él, porque esta casa es suya, tú sabes. Pero me da miedo eso, eso también me da miedo, Japonesa, hasta la comedia, no importa, no importa. Quieres que te sirva un mate, estás tiritando y yo me tomo uno contigo, no, no me gusta el mate, ahora por acompañarte nomás: Japonesa diabla, me estás pastoreando, dándome vuelta y vuelta vas a ver qué bien te cebo el mate no tengas miedo, no me tengas miedo, a las demás mujeres sí pero a mí no, está bueno el mate ves, y se te va a pasar el frío. Pero la Manuela seguía diciendo no, no, no, no...

La Japonesa devolvió la tetera al fuego.

—¿Y si te quedaras como socia?

La Manuela no contestó.

—¿Como socia mía?

La Japonesa vio que la Manuela lo estaba pensando.

—Vamos a medias en todo. Te firmo a medias, tú también como dueña de esta casa cuando don Alejo me la ceda ante notario. Tú y yo propietarias, la mitad de todo. De la casa y de los muebles y del negocio y de todo lo que vaya entrando...

... y así, propietaria, nadie podrá echarla, porque la casa sería suya. Podría mandar. La habían echado de tantas casas de putas porque se ponía tan loca cuando comenzaba la fiesta y se le calentaba la jeta con el vino, y la música y todo y a veces por culpa suya comenzaban las peleas de los hombres. De una casa de putas a otra. Desde que tenía recuerdo. Un mes, seis meses, un año a lo más... siempre tenía que terminar haciendo sus bártulos y yéndose a otra parte porque la dueña se enojaba, porque decía, la Manuela armaba las peloteras con lo escandalosa que era... tener una pieza mía, mía para siempre, con monas cortadas en las revistas pegadas en la pared, pero no: de una casa a otra, siempre, desde que lo echaron de la escuela cuando lo pillaron con otro chiquillo y no se atrevió a llegar a su casa porque su papá andaba con un rebenque enorme, con el que llegaba a sacarle sangre a los caballos cuando los azotaba, y entonces se fue a la casa de una señora que le enseñó a bailar español. Y después ella lo echó, y otras, siempre de casa en casa, sin un cinco en el bolsillo, sin tener dónde esconderse a descansar cuando le dolían las encías, esos calambres desde siempre, desde que se acordaba, y no le decía a nadie y ahora a los cuarenta años se me están soltando los dientes que llego a tener miedo de salpicarlos cuando estornudo. Total. Era un rato. Los garbanzos no me gustan pero cuando no hay más que comer... total. Propietaria, una. Nadie va a poder echarme, y si es cierto que el pueblo éste se va a ir para arriba, entonces, claro, la vida no era tan mala, y hay esperanza hasta para una loca fea como yo, y entonces la desgracia no era desgracia sino que podía transformarse en una maravilla gracias a don Alejo, que me promete que las cosas pueden ser maravillosas, cantar y reírse y bailar en la luz todas las noches, para siempre.

—Bueno.

—¿Trato hecho?

—Pero no me hagái nada porque grito.

—¿Trato hecho, Manuela?

—Trato hecho.

—Vamos a hacer leso a don Alejo.

—¿Y después firmamos donde notario?

—Donde notario. En Talca.

—Ahora no tiritaba. Le latía muy fuerte el corazón.

—¿Y cuándo vamos a hacer los cuadros plásticos?

La Japonesa se asomó a la puerta.

—Don Alejo no ha salido de la pieza todavía, espera...

Se quedaron en silencio junto a la cocina. La Manuela retiró su mano de la mano de la Japonesa, que se la dejó ir porque ya no importaba, ese ser era suyo, entero. La Manuela en su casa siempre. Unido a ella. ¿Por qué no? Trabajadora era, eso se veía, y alegre, y tanta cosa que sabía de arreglos y vestidos y comida, sí, no estaba mal, mejor unida con la Manuela que con otro que la hiciera sufrir, mientras que la Manuela no la haría sufrir jamás, amiga, amiga nada más, juntas las dos. Fácil quererlo. Quizás llegaría a sufrir por él, pero de otra manera, no con ese alarido de dolor cuando un hombre deja de quererla, ese descuartizarse sola noche a noche porque el hombre se va con otra o la engaña, o le saca plata, o se aprovecha de ella y ella, para que no se vaya, hace como si no supiera nada, apenas atreviéndose a respirar en la noche junto a ese cuerpo que de pronto, de pronto podía decirle que no, que nunca más, que hasta aquí llegaban... ella puede excitarlo, está segura, casi sin necesidad de esfuerzo porque el pobre tipo por dentro y sin saberlo ya está respondiendo a su calor. Si no fuera así jamás se hubiera fijado en él para nada.

Excitarlo va a ser fácil. Incluso enamorarlo. Pero no. Eso lo echaría todo a perder. No sería conveniente. Era preferible que la Manuela jamás olvidara su posición en su casa — el maricón de la casa de putas, el socio. Pero aunque no se tratara de eso sería fácil para ella enamorarlo, tan fácil como en este momento era quererlo.

—Oye, Manuela, no te vayas a enamorar de mí...

VIII

—Esto es lo que vale, compadre, no sea leso: la plata. ¿Usted cree que si uno tuviera no sería igual a él? ¿O cree que don Alejo es de una marca especial? No, nada de cuestiones aquí. Usted le tiene miedo al viejo porque le debe plata nomás. No, si no le voy a decir a nadie. ¿Usted cree que yo quiero que la gente sepa cómo trató al marido de mi hermana? En el sobrecito que le di tiene la plata para pagarle lo que le debe... no, págueme cuando pueda, sin urgencia, usted es de la familia. Yo no soy de esos futres parados y no me voy a portar con usted como él. ¡Las cosas que le dijo, por Diosito Santo! Le digo que no se preocupe, que a mí me sobra. Me da una rabia con estos futres... ¿Por qué va a estar haciéndole caso de no ir donde la Japonesita si a usted se le antoja y paga su consumo? ¿Es de él la Japonesita? Claro, el futre cree que todo es suyo, y no, señor. A usted no lo manda, ni a mí tampoco y si queremos vamos donde se nos antoja. ¿No es cierto? Usted le paga su plata y adiós... Ya pues, Pancho, anímese, que no es para tanto...

El camión pasó de largo frente a la casa de la Japonesita. Doblaron lentamente por esa bocacalle y luego dieron vuelta a esa manzana y de nuevo frente a la casa de la Japonesita, esta vez sin tocar la bocina, Octavio convenciéndolo, dando vueltas y vueltas alrededor de la manzana.

—¿Y qué hago con la cuestión de los fletes?

—No se preocupe. ¿No ve que todos los camioneros de por aquí pasan por mi gasolinera y yo sé donde hay mejores fletes de la región? No se preocupe. Le digo que usted no es esclavo de ese viejo... Bueno. Ya me aburrí con este asunto. Vamos a pagarle ahora mismo, sí, ahora...

—Es tarde.

Octavio lo pensó.

—Total, qué me importa que estén comiendo. Vamos nomás.

Pancho hizo girar el camión en la calle estrecha y enfiló hacia el otro lado, hacia el fundo El Olivo, más allá de la Estación. Él conocía su máquina, y en el camino más allá de las moras y de los canales que limitaban la estación, sorteó acequias y hoyos, maniobrando esa máquina enorme que le resultaba liviana ahora iba a casa de don Alejo para arrancarle la parte de ese camión que aún le pertenecía.

—Nos vamos a quedar pegados en el barro...

Octavio abrió la ventana y tiró el cigarrillo.

—No...

Pancho no siguió hablando porque avanzaba por un desfiladero de zarzamoras. Tenía que avanzar muy lentamente, los ojos fruncidos, la cabeza inclinada sobre el parabrisas. Para ver las piedras y los baches. Conocía bien este camino, pero de todos modos, mejor tener cuidado. Hasta los ruidos los conocía: aquí, detrás de la mora, el Canal de los Palos se dividía en dos y la rama para el potrero de Los Lagos borboteaba durante un trecho por una canaleta de madera. Ahora no se oía. Pero si fuera a pie como antes, como cuando era chico, el ruido del agua en la canaleta de madera se comenzaba a oír justamente aquí, pasando el sauce chueco. Éste era el camino que todos los días recorría a pie pelado para asistir a la escuela de la Estación El Olivo, cuando había escuela. Tiempo perdido. Misia Blanca le había enseñado a leer y a escribir y las cuatro operaciones junto con la Moniquita, que aprendió tan rápido y le ganaba en todo. Hasta que don Alejo dijo que Pancho tenía que ir a la escuela. Y después a estudiar qué sé yo, en la Universidad. ¡Cómo no! Fui el porro más porro de la clase y nunca pasaba de curso porque no se me antojaba, hasta que don Alejo, que no tiene pelo de tonto, se dio cuenta y bueno, para qué seguirse molestando con este chiquillo si no salió bueno para las letras, es mejor que aprenda los números y a leer nomás para que no lo confundan con un animal, y que se ponga a ayudar en el campo, vamos a ver qué podemos hacer con él, para qué va a ir a perder el tiempo en la escuela si tiene la mollera dura. Cada piedra. Y más allá, el mojón de concreto roto desde siempre. Quién sabe cómo lo rompieron. Difícil debe ser romper un mojón de concreto pero roto está. Cada hoyo, cada piedra: don Alejo se las hizo aprender de memoria yendo y viniendo, todos los días del fundo a la escuela y de la escuela al fundo hasta que dijeron que ya estaba bueno, que qué se sacaban. Pero la Ema quiere que la Normita vaya a un colegio de monjas, no quiero que la niña sea una cualquiera, como una, que tuvo que casarse con el primero que la miró para no quedarse para vestir santos — mira cómo estaría una si hubiera estudiado un poco, para qué decís eso cuando sabís que te gusté apenas me viste y dejaste al chiquillo dueño de la carnicería porque te enamoraste de mí, pero estudiando hubiera sido distinto, qué es estudiar mamá y qué son las monjitas, yo quiero que la niña estudie una profesión corta como obstetricia, qué es obstetricia mamá, y a él no le gustaba que preguntara, tan chiquita y qué le va a explicar uno, mejor esperar que crezca. Si quiero, si se me antoja, mando a mi hija que estudie. Don Alejo no tiene nada que decir. Nada que ver conmigo. Yo soy yo. Solo. Y claro, la familia, como Octavio, que es mi compadre así es que no me importa deberle y no me va a hacer nada si me demoro un poco con los pagos... le va a gustar que le quiera comprar casa a la Ema. Ahora le pago al viejo y me voy.

El camión giró entre dos plátanos y entró por una avenida de palmeras. A los lados, bodegas. Y montones de orujo fétido junto a los galpones cerrados y oscuros. Al fondo, el parque, la encina gigantesca bajo la cual los veía tenderse en las hamacas y sillas de lona multicolor — él mirándolos desde el otro lado, pero cuando chico no porque la Moniquita y él jugaban juntos entre las hortensias gigantes, los dos solos, y los grandes se reían de él preguntándole si era novio de la Moniquita y él decía que sí, y entonces sí que lo dejaban entrar, pero después, cuando era más grande, entonces ya no: leían revistas en idiomas desconocidos, dormitando en las sillas de lona desteñida.

Los cuatro perros se precipitaron hacia el camión, que se acercaba por la avenida de palmeras, y atacaron su caparazón brillante, rasguñándolo y embarrándolo en cuanto se detuvo frente a la llavería.

—Bajémonos...

—¿Cómo, con estos brutos?

Los brincos y gruñidos de los perros los sitiaron en la cabina. Entonces Pancho, porque sí, porque le dio rabia, porque le dio miedo, porque odiaba a los perros, comenzó a tocar la bocina como un loco y los perros a redoblar sus saltos rasguñando la pintura colorada que tanto cuidaba, pero ya no importa, ahora no importa nada más que tocar, tocar, para derribar las palmeras y la encina y atravesar la noche de parte a parte para que no quede nada, tocar, tocar, y los perros ladran mientras en el corredor se prende la luz y se animan figuras entre los sacos, y bajo las puertas, gritando a los perros, corriendo hacia el camión pero Pancho no cesa, tiene que seguir, los perros furiosos sin obedecer a los peones que los llaman. Hasta que aparece don Alejo en lo alto de las gradas del corredor y Pancho deja de tocar.

Entonces los perros se callaron y corrieron hacia él.

—Otelo... Sultán. Acá, Negus, Moro...

Los perros se alinearon detrás de don Alejo.

—¿Quién es?

Pancho se quedó mudo, exangüe, como si hubiera gastado toda su fuerza. Octavio le dio un codazo, pero Pancho siguió mudo.

—Bah. Poco hombre.

Entonces Pancho abrió la puerta y saltó a tierra. Los perros se abalanzaron sobre él pero don Alejo alcanzó a llamarlos mientras Pancho volvía a subir a la cabina. Octavio había apagado los focos, y surgió todo el paisaje de la oscuridad, y la encina negra y las frondas de las palmas y el espesor de los muros y las tejas de los aleros se dibujaron contra el cielo repentinamente hondo y vacío.

—¿Quién es?

—Pancho, don Alejo. Hay que ver sus perritos.

—¿Qué es esta pelotera que llegaste metiendo? ¿Estás borracho, sinvergüenza, que crees que puedes llegar a mi casa a cualquiera hora metiendo todo este ruido? Ustedes — encierren a los perros por allá, ya Moro, Sultán, allá, Otelo, Negus... y tú, Pancho, sube para acá arriba para el corredor mientras yo voy a buscar mi manta, mira que está helando...

Pancho y Octavio bajaron cautelosamente del camión tratando de no caer en las pozas, y subieron al corredor. En el fondo de la U que abrazaba el parque vieron unas ventanas con luz. Se acercaron. El comedor. La familia reunida bajo la lámpara. Un muchacho de anteojos — nieto, el hijo de don Jorge, qué estará haciendo aquí en el fundo cuando ya debía estar en el colegio. Y Misia Blanca a la cabecera. Canosa, ahora. Era rubia, con una trenza muy larga que se enrollaba alrededor de la cabeza y que se cortó cuando él le pegó el tifus a la Moniquita. Él la vio hacerlo, a Misia Blanca, en la capilla ardiente — alzó sus brazos, sus manos tomaron su trenza pesada y la cortó al ras, en la nuca. Él la vio: a través de sus lágrimas que le brotaron sólo entonces, sólo cuando la señora Blanca se cortó la trenza y la echó adentro del cajón, él la vio nadando en sus lágrimas como ahora la veía nadando en el vidrio empañado del comedor. Que me presten a Panchito: llegaba a pedírselo a su madre para que fuera a jugar con la Moniquita porque eran casi de la misma edad y los sirvientes de la casa se reían de él porque decía que era novio de la hija del patrón. Ahora, ella era una anciana. Comía en silencio. Y cuando don Alejo por fin salió a reunirse con ellos en el corredor, con el sombrero y la manta de vicuña puesto, Pancho lo vio tan alto, tan alto como cuando lo miraba para arriba, él, un niño que apenas sobrepasaba la altura de sus rodillas.

—¡Qué milagro, Pancho!

—Buenas noches, don Alejo...

—¿Con quién vienes?

—Con Octavio...

—Buenas noches.

—¿En qué puedo servirles?

Se dejó caer en un sillón de mimbre y los dos hombres quedaron parados ante él. Pequeño se veía ahora. Y enfermo.

—¿A qué vinieron a esta hora?

—Vengo a pagarle, don Alejo.

Se puso de pie.

—Pero si me pagaste esta mañana. No me debes nada hasta el mes entrante. ¿Qué te picó de repente?

Iban paseándose por la U de los corredores. De cuando en cuando, al pasar, se repetía la imagen de Misia Blanca presidiendo la larga mesa casi vacía, una vez revolviendo la tisana, otra vez tapando la quesera, otra vez rompiendo el trozo de pan contra el mantel albo, dentro del marco de luz de la ventana. Octavio le iba explicando las cosas a don Alejo... quién sabe qué, prefiero no oír, lo hace mejor que yo. Sí, dejar que él lo haga porque él no se va a dejar montar por don Alejo, como me monta a mí. Misia Blanca elige en un platillo un terrón de azúcar tostada para su tisana. Uno para ella, otro para la Moniquita y otro para ti, Panchito, tiene un trozo de hoja de cedrón pegada, le da un gusto especial, gusto a Misia Blanca, bueno, váyanse a jugar al jardín y no la pierdas de vista, Pancho, que eres más grande y la tienes que cuidar. Y las hortensias descomunales allá en el fondo de la sombra, junto a la acequia de ladrillos aterciopelados de musgo él papá y ella mamá de las muñecas, hasta que los chiquillos nos pillan jugando con el catrecito, yo arrullando a la muñeca en mis brazos porque la Moniquita dice que así lo hacen los papás y los chiquillos se ríen — marica, marica, jugando a las muñecas como las mujeres y no quiero volver nunca más pero me obligan porque me dan de comer y me visten pero yo prefiero pasar hambre y espío desde el cerco de ligustros porque quisiera ir de nuevo pero no quiero que me digan que soy el novio de la hija del patrón, y marica, marica por lo de las muñecas. Hasta que un día don Alejo me encuentra espiando entre los ligustros. Te pillé chiquillo de mierda. Y su mano me toma de aquí, del cuello, y yo me agarro de su manta pataleando, él tan grande yo tan mínimo mirándolo para arriba como a un acantilado. Su manta un poco resbalosa y muy caliente porque es de vicuña. Y él me arrastra por los matorrales y yo me prendo a su manta porque es tan suave y tan caliente y me arrastra y yo le digo que no me habían dado permiso para venir, mentiroso, él lo sabe todo, eres un mentiroso Pancho, no te arranques, porque quién va a cuidar y a jugar con la niña más que tú, y me lanza al parque tan grande para que la busque en la maraña de matorrales, y corro y mis pies se enredan en las pervincas pero yo no tengo para qué correr tanto si sé que está como todos los días, bajo las hortensias, en la sombra, junto a la tapia en que brillan las astillas de botellas quebradas, y llego y la toco, y de la punta de mi cuerpo con que iba penetrando el bosque de malezas, huyendo, esa punta de mi cuerpo derrama algo que me moja y entonces yo me enfermo de tifus y ella también y ella se muere y yo no, y yo me quedo mirando a Misia Blanca y sólo cuando sus manos levantan su trenza para cortarla comienzan a brotar mis lágrimas porque yo me mejoré y porque Misia Blanca se está cortando la trenza. Ha apagado la luz del comedor. En esta vuelta ya no está. La voz de Octavio sigue explicando: sí, don Alejo, cómo no, no importa, aunque no le den los fletes, yo ya le conseguí otros, sí, muy buenos, unos fletes de ladrillos, unos que están haciendo por el otro lado de...

—¿De quién son esos ladrillos?

Octavio no contestó.

Don Alejo se detuvo sorprendido ante el silencio, y ellos también, Octavio sosteniendo la mirada del senador durante un instante.

¿Era posible? Pancho se dio cuenta de que Octavio no contestaba la pregunta de don Alejo porque si llegaba a saber de quién eran esos ladrillos podía llamar por teléfono, bastaba eso, para que no se los dieran. Él conocía a todo el mundo. Todo el mundo lo respetaba. Tenía los hilos de todo el mundo en sus dedos. Pero su cuñado Octavio, su compadre, el padrino de la Normita, le estaba haciendo frente: Octavio era nuevo en la zona y no le tenía miedo al viejo. Y porque no quería, no le contestaba. Dieron una vuelta entera por el corredor sin hablar. El parque estaba callado pero vivo, y el silencio que dejaron sus voces se fue recamando de ruidos casi imperceptibles, la gota que caía de la punta del alero, llaves tintineando en el bolsillo de Octavio, el escalofrío del jazmín casi desnudo atravesando por goterones, los pasos lentos que concluyeron en la puerta de la casa.

—Hace frío...

—Claro. Con tanto fresco.

Pancho se estremeció con las palabras de su cuñado: don Alejo lo miró a punto de preguntarle qué quería decir con eso, pero no lo hizo, y comenzó a contar los billetes que Octavio le entregó.

—Tres por lo menos...

—¿Qué dice?

—Frescos... tres...

Pancho le arrebató la palabra a su cuñado antes de que continuara entusiasmado por sus triunfos. ¿Eran triunfos? Don Alejo estaba demasiado tranquilo. Quizás no había oído.

—No, no, nada, don Alejo. Bueno, si está conforme no lo molestamos más y nos vamos. Estamos quitándole el tiempo. Y con este frío. Salúdeme a Misia Blanca, por favor. ¿Está bien?

Don Alejo los acompañó hasta el extremo del corredor para despedirlos. Cruzando el barro hacia el camión se dieron vuelta y vieron a los cuatro perros junto a él en las gradas.

—Cuidadito con los perros...

Don Alejo se rió fuerte.

—Cómetelos Sultán...

Y los cuatro perros se lanzaron detrás de ellos. Apenas tuvieron tiempo para subir al camión antes de que comenzaran a arañar las puertas. Al girar hacia la salida los focos alumbraron un momento la figura de don Alejo en lo alto de las gradas y después los focos que avanzaban fueron tragándose, de par en par, las palmeras de la salida del fundo. Pancho dio un suspiro.

—Ya está.

—No me dejaste decirle en su cara que es un fresco.

—Si es buena gente el futre.

Pero fresco. Octavio se lo había venido contando cuando venían hacia el pueblo y entonces le creyó, pero ahora era más difícil creerlo. Que lo sabían hasta las piedras del camino por donde regresaban a la Estación. Que no fuera idiota, que se diera cuenta de que el viejo jamás se había preocupado de la electricidad del pueblo, que era puro cuento, que al contrario, ahora le convenía que el pueblo no se electrificara jamás. Que no fuera inocente, que el viejo era un macuco. Las veces que había ido a hablar con el Intendente del asunto era para distraerlo, para que no electrificara el pueblo, yo se lo digo porque sé, porque el chofer del Intendente es amigo mío y me contó, no sea leso, compadre. Claro. Piénselo. Quiere que toda la gente se vaya del pueblo. Y como él es dueño de casi todas las casas, si no de todas, entonces, qué le cuesta echarle otra habladita al Intendente para que le ceda los terrenos de las calles que eran de él para empezar y entonces echar abajo todas las casas y arar el terreno del pueblo, abonado y descansado, y plantar más y más viñas como si el pueblo jamás hubiera existido, sí, me consta que eso es lo que quiere. Ahora, después que se le hundió el proyecto de hacer la Estación El Olivo un gran pueblo, como pensó cuando el longitudinal iba a pasar por aquí mismo, por la puerta de su casa...

Inclinado sobre el manubrio, Pancho escudriña la oscuridad porque tiene que escudriñarla si no quiere despeñarse en un canal o injertarse en la zarzamora. Cada piedra del camino hay que mirarla, cada bache, cada uno de estos árboles que yo iba a abandonar para siempre. Creí que quedaba aquí esto con mis huellas, para después pensar cuando quisiera en estas calles por donde voy entrando, que ya no van a existir y no voy a poder recordarlas porque ya no existen y yo ya no podré volver. No quiero volver. Quiero ir hacia otras cosas, hacia adelante. La casa en Talca para la Ema y la escuela para la Normita. Me gustaría tener donde volver no para volver sino para tenerlo, nada más, y ahora no voy a tener. Porque don Alejo se va a morir. La certidumbre de la muerte de don Alejo vació la noche y Pancho tuvo que aferrarse de su manubrio para no caer en ese abismo.

—Compadre.

—¿Qué le pasa?

No supo qué decir. Era sólo para oír su voz. Para ver si realmente quería ser como Octavio, que no tenía dónde volver y no le importaba. Era el hombre más macanudo del mundo porque se hizo su situación solo y ahora era dueño de una estación de servicio y del restaurancito del lado en el camino longitudinal, por donde pasaban cientos de camiones. Hacía lo que quería y le pasaba para la semana a su mujer, no como la Ema, que le sacaba toda la plata, como si se la debiera. Octavio era un gran hombre, gran, gran. Era una suerte haberse casado con su hermana. Uno sentía las espaldas cubiertas.

—Quedó a mano, entonces. Mejor no tener nada que ver con ellos. Son una mugre, compadre, se lo digo yo, usted no sabe en las que me han metido estos futres de porquería.

Iban llegando al pueblo.

—¿A dónde vamos?

—A celebrar.

—¿Pero a dónde?

—¿A dónde cree, pues compadre?

—Donde la Japonesita.

—Adonde la Japonesita, entonces.

IX

La Japonesita apagó el chonchón.

—Es él.

—¿Otra vez?

Después que cerraron las puertas del camión transcurrió un minuto espeso de espera, tan largo que parecía que los hombres que bajaron se hubieran extraviado en la noche. Cuando por fin golpearon en la puerta del salón, la Manuela apretó su vestido de española.

—Me voy a esconder.

—Papá, espere...

—Me va a matar.

—¿Y yo?

—Qué me importa. A mí me la tiene jurada. No tengo nada que ver con lo que te pase a ti.

Salió corriendo al patio. Si se salvaba de ésta seguro que se moría de bronconeumonía como todas las viejas. ¿Qué tenía que ver ella con la Japonesita? Que se defendiera si quería defenderse, que se entregara si quería entregarse, ella, la Manuela, no estaba para salvar a nadie, apenas su propio pellejo, y menos que nadie a la Japonesita que le decía «papá», papá cuando una tenía miedo de que Pancho viniera a matarla por loca. Lo mejor era escabullirse por el sitio del lado para ir a pasar la noche donde la Ludovinia, caliente siempre en su dormitorio, y cama de dos plazas, no, no, nada de meterse en cama con mujeres, ya sabía lo que podía pasarle. Pero a la Ludo quizás le quedaran sopaipillas de la hora del almuerzo y se las calentara en el rescoldo y le diera unos matecitos y pudieran ponerse a hablar de cosas tan lindas los sombreros de Misia Blanca cuando se usaban los sombreros y olvidarse de esto, porque esto sí que no se lo iba a contar a la Ludo para que no le preguntara y no tener que hablar. Hasta que esto retrocediera entrando en la oscuridad que se lo va tragando y entonces una le diría a la Ludo que sí, fíjate, mañana tal vez pudiera decírselo, fíjate que la chiquilla por fin se decidió y se llevó al hombre para la pieza, ya estaba bueno de leseras, ahora sí que nos vamos a quedar tranquilas, y toda la oscuridad rodeando todo hasta que fuera hora de dormir y poder ir dejándose caer gota a gota, gota a gota, dentro del charco del sueño que crecería hasta llenar entero el cuarto tibio de la Ludo.

La luz se encendió de nuevo en el salón. Un hombre apareció en el rectángulo. La aguja de la victrola comenzó a raspar un disco. Octavio se apoyó en el marco de la puerta. La Manuela dio un paso atrás, abrió la reja del gallinero y se escondió debajo de la mediagua junto a la escalerilla blanqueada por la caca de las gallinas, y el pavo de la Lucy comenzó a rondar, inflado, furioso, todas las plumas erizadas. La Manuela se metió una mano debajo de la camisa para calentársela: cada uno de los pliegues de su piel añeja era como de cartón escarchado, y la retiró. Ahora bailaban. La Japonesita cruzó el rectángulo de luz, prendida a Pancho Vega.

En un rato más iban a comenzar a registrar la casa para buscarla. ¡Si la Japonesita fuera lo suficientemente mujer para entretenerlos, para desviar sus bríos hacia ella misma, que tanto los necesitaba! Pero no. Iban a registrar. La Manuela lo sabía, iban a sacar a las putas de sus cuartos, a deshacer la cocina, a buscarla a ella en el retrete, tal vez en el gallinero, a romperlo todo, los platos y los vasos y la ropa, y a ellas, y a ella si llegaban a encontrarla. Porque a eso habían venido. A mí no van a engañarme. Esos hombres no habían brotado así nomás de la noche para acudir a la casa y acostarse con una mujer cualquiera y tomar unas jarras de vino cualesquiera, no, vinieron a buscarla a ella, para martirizarla y obligarla a bailar. Sabían que a ella se le había puesto entre ceja y ceja que no quería bailar para ellos, tal como el año pasado se le puso a Pancho que sí, que tenía que bailarle, roto bruto, viene por ella, la Manuela lo sabe. Mientras tanto se conformaba con bailar con la Japonesita. Pero después iba a buscarla a ella. Sí, podía haberme ido donde la Ludo. Pero no. La Japonesita bailaba, raro, porque no bailaba nunca, ni aunque le rogaran. No le gustaba. Ahora sí. La vio girar frente a la puerta abierta de par en par, pegada a él, como derretida y derramada sobre Pancho, con sus bigotes negros escondidos en el cuello de la Japonesita, sus bigotes sucios, el borde de abajo teñido de vino y nicotina. Y agarrándole el nacimiento de las nalgas, sus manos manchadas de nicotina y de aceite de máquina. Y Octavio parado en el vano de la puerta, fumando, esperando: después lanzó el cigarrillo a la noche y entró. El disco se detuvo. Una carcajada. Un grito de la Japonesita. Una silla cae. Algo le están haciendo. La mano de la Manuela metida de nuevo entre su piel y su camisa justo donde late el corazón, aprieta hasta hacerse doler, como quisiera hacerle doler el cuerpo a Pancho Vega, por qué grita de nuevo la Japonesita, ay, ay, papá que no me llame, que no me llame así otra vez porque no tengo puños para defenderla, sólo sé bailar, y tiritar aquí en el gallinero.

...Pero una vez no tirité. El cuerpo desnudo de la Japonesa Grande, caliente, ay, si tuviera ese calor ahora, si la Japonesita lo tuviera para así no necesitar otros calores, el cuerpo desnudo y asqueroso pero caliente de la Japonesa Grande rodeándome, sus manos en mi cuello y yo mirándole esas cosas que crecían allí en el pecho como si no supiera que existían, pesadas y con puntas rojas a la luz del chonchón que no habíamos apagado para que ellos nos miraran desde la ventana. Por lo menos esa comprobación exigieron. Y la casa sería nuestra. Mía. Y yo en medio de esa carne, y la boca de esa mujer borracha que buscaba la mía como busca un cerdo en un barrial aunque el trato fue que no nos besaríamos, que me daba asco, pero ella buscaba mi boca, no sé, hasta hoy no sé por qué la Japonesa Grande tenía esa hambre de mi boca y la buscaba y yo no quería y se la negaba frunciéndola, mordiéndole los labios ansiosos, ocultando la cara en la almohada, cualquier cosa porque tenía miedo de ver que la Japonesa iba más allá de nuestro pacto y que algo venía brotando y yo no... Yo quería no tener asco de la carne de esa mujer que me recordaba la casa que iba a ser mía con esta comedia tan fácil pero tan terrible, que no comprometía a nada pero... y don Alejo mirándonos. ¿Podíamos burlarnos de él? Eso me hacía temblar. ¿Podíamos? ¿No moriríamos, de alguna manera, si lo lográbamos? Y la Japonesa me hizo tomar otro vaso de vino para que pierdas el miedo y yo tomándomelo derramé medio vaso en la almohada junto a la cabeza de la Japonesa cuya carne me requería, y otro vaso más. Después ya no volvió a decir casi nada. Tenía los ojos cerrados y el rimmel corrido y la cara sudada y todo el cuerpo, el vientre mojado sobre todo, pegado al mío y yo encontrando que todo esto está de más, es innecesario, me están traicionando, ay qué claro sentí que era una traición para apresarme y meterme para siempre en un calabozo porque la Japonesa Grande estaba yendo más allá de la apuesta con ese olor, como si un caldo brujo se estuviera preparando en el fuego que ardía bajo la vegetación del vértice de sus piernas, y ese olor se prendía en mi cuerpo y se pegaba a mí, el olor de ese cuerpo de conductos y cavernas inimaginables ininteligibles, manchadas de otros líquidos, pobladas de otros gritos y otras bestias, y este hervor tan distinto al mío, a mi cuerpo de muñeca mentida, sin hondura, todo hacia afuera lo mío, inútil, colgando, mientras ella acariciándome con su boca y sus palmas húmedas, con los ojos terriblemente cerrados para que yo no supiera qué sucedía adentro, abierta, todo hacia adentro, pasajes y conductos y cavernas y yo allí, muerto en sus brazos, en su mano que está urgiéndome para que viva, que sí, que puedes, y yo nada, y en el cajón al lado de la cama el chonchón silbando apenas casi junto a mi oído como en un largo secreteo sin significado. Y sus manos blandas me registran, y me dice me gustas, me dice quiero esto, y comienza a susurrar de nuevo, como el chonchón, en mi oído y yo oigo esas risas en la ventana: don Alejo mirándome, mirándonos, nosotros retorciéndonos, anudados y sudorosos para complacerlo porque él nos mandó hacerlo para que lo divirtiéramos y sólo así nos daría esta casa de adobe, de vigas mordidas por los ratones, y ellos, los que miran, don Alejo y los otros que se ríen de nosotros, no oyen lo que la Japonesa Grande me dice muy despacito al oído, mijito, es rico, no tenga miedo, si no vamos a hacer nada, si es la pura comedia para que ellos crean y no se preocupe mijito y su voz es caliente como un abrazo y su aliento manchado de vino, rodeándome, pero ahora importa menos porque por mucho que su mano me toque no necesito hacer nada, nada, es todo una comedia, no va a pasar nada, es para la casa, nada más, para la casa. Su sonrisa pegada en la almohada, dibujada en el lienzo. A ella le gusta hacer lo que está haciendo aquí en las sábanas conmigo. Le gusta que yo no pueda: con nadie, dime que sí, Manuelita linda, dime que nunca con ninguna mujer antes que yo, que soy la primera, la única, y así voy a poder gozar mi linda, mi alma, Manuelita, voy a gozar, me gusta tu cuerpo aterrado y todos tus miedos y quisiera romper tu miedo, no, no tengas miedo Manuela, no romperlo sino que suavemente quitarlo de donde está para llegar a una parte de mí que ella, la pobre Japonesa Grande, creía que existía pero que no existe y no ha existido nunca, y no ha existido nunca a pesar de que me toca y me acaricia y murmura... no existe, Japonesa bruta, entiende, no existe. No mijita, Manuela, como si fuéramos dos mujeres, mira, así, ves, las piernas entretejidas, el sexo en el sexo dos sexos iguales, Manuela, no tengas miedo el movimiento de las nalgas, de las caderas, la boca en la boca, como dos mujeres cuando los caballeros en la casa de la Pecho de Palo les pagan a las putas para que hagan cuadros plásticos... no, no, tú eres la mujer, Manuela, yo soy la macha, ves cómo te estoy bajando los calzones y cómo te quito el sostén para que tus pechos queden desnudos y yo gozártelos, sí tienes Manuela, no llores, sí tienes pechos, chiquitos como los de una niña, pero tienes y por eso te quiero. Hablas y me acaricias y de repente me dices, ahora sí Manuelita de mi corazón, ves que puedes... Yo soñaba mis senos acariciados, y algo sucedía mientras ella me decía sí, mijita, yo te estoy haciendo gozar porque yo soy la macha y tú la hembra, te quiero porque eres todo, y siento el calor de ella que me engulle, a mí, a un yo que no existe, y ella me guía riéndose, conmigo porque yo me río también, muertos de la risa los dos para cubrir la vergüenza de las agitaciones, y mi lengua en su boca y qué importa que estén mirándonos desde la ventana, mejor así, más rico, hasta estremecerme y quedar mutilado, desangrándome dentro de ella mientras ella grita y me aprieta y luego cae, mijito lindo, qué cosa más rica, hacía tanto tiempo, tanto, y las palabras se disuelven y se evaporan los olores y las redondeces se repliegan, quedo yo, durmiendo sobre ella, y ella me dice al oído, como entre sueños: mijita, mijito, confundidas sus palabras con la almohada. No le contemos a nadie mira que es una vergüenza lo que me pasó, mujer, no seas tonta, Manuela, que te ganaste la casa como una reina, me ganaste la casa para mí, para las dos. Pero júrame que nunca más, Japonesa por Dios qué asco, júrame, socias, claro, pero esto no, nunca más porque ahora ya no existe ese tú, ese yo que ahora estoy necesitando tanto, y que quisiera llamar desde este rincón del gallinero, mientras los veo bailar allá en el salón...

...los puños que no tiene sólo le sirven para arrebujarse en la parcela desteñida de su vestido. Matar a Pancho con ese vestido. Ahorcarlo con él. La Lucy salió al patio como si hubiera estado esperando ese momento.

—Psssstttt.

Miró para todos lados.

—Lucy, aquí...

En el salón el disco se repite y se repite.

—¿Qué estái haciendo ahí como gallina clueca?

—Anda para el salón.

—Ya voy. ¿Hay gente?

—Pancho y Octavio.

La Japonesita y Pancho que cruzan bailando la puerta, despiertan el rostro de la Lucy.

—¿Está sola?

—Anda, te digo.

¿Qué derecho tiene la puta de mierda de la Lucy a censurarla a ella porque espera escondida en el gallinero? Mañana le cobrará la plata que le debe de un vestido, porque se estaba haciendo la lesa, claro, sabiendo lo que a ella le gustan los hombres, y cree que por eso la tienen que tolerar. Es una asilada como todas las otras. No tiene derecho. Y la Japonesita también... ¿Qué derecho? ¿Derecho a qué? Papá. ¡Qué papá! No me hagas reírme, por favor, mira que tengo los labios partidos y me duelen cuando me río... papá. Déjame tranquila. Papá de nadie. La Manuela nomás, la que puede bailar hasta la madrugada y hacer reír a una pieza llena de borrachos y con la risa hacer que olviden a sus mujeres moquillentas mientras ella, una artista, recibe aplausos, y la luz estalla en un sinfín de estrellas. No tenía para qué pensar en el desprecio y en las risas que tan bien conoce porque son parte de la diversión de los hombres, a eso vienen, a despreciarla a una, pero en la pista, con una flor detrás de la oreja, vieja y patuleca como estaba, ella era más mujer que todas las Lucys y las Clotys y las Japonesitas de la tierra... curvando hacia atrás el dorso y frunciendo los labios y zapateando con más furia, reían más y la ola de la risa la llevaba hacia arriba, hacia las luces.

Que la Japonesita grite allá adentro. Que aprenda a ser mujer a la fuerza, como aprendió una. Está buena la fiesta. La Lucy baila con Octavio, pero ella es la única capaz de hacer que la fiesta se transforme en una remolienda de padre y señor mío, ella, porque es la Manuela. Aunque tiemble aquí en la oscuridad rodeada de guano de gallina tan viejo que ya ni siquiera olor le queda. Ésas no son mujeres. Ella va a demostrarles quién es mujer y cómo se es mujer. Se quita la camisa y la dobla sobre el tramo de la escalera. Y los zapatos... sí, los pies desnudos como una verdadera gitana. También se quita los pantalones, y queda desnudo en el gallinero, con los brazos cruzados sobre el pecho y eso tan extraño colgándole. Se pone el vestido de española por encima de la cabeza y los faldones caen a su alrededor como un baño de tibieza porque nada puede abrigarla como estos metros y metros de fatigada percala colorada. Se entalla el vestido. Se arregla los pliegues alrededor del escote... un poco de relleno aquí donde no tengo nada. Claro, es que una es tan chiquilla, la gitanilla, un primor, apenas una niñita que va a bailar y por eso no tiene senos, así, casi como un muchachito, pero no ella, porque es tan femenina, el talle quebrado y todo... la Manuela sonríe en la oscuridad del gallinero mientras se pone detrás de la oreja la amapola de gasa que le prestó la Lucy. Haz lo que quieras con la Japonesita. Total, qué tiene que ver ella con el asunto. Ella no es más que la gran artista que ha venido a la casa de la Japonesita a hacer su número, loca, loca, quiere divertirse, siente las manos pesadas de Pancho pulsándola esa noche como quien no quiere la cosa cuando nadie lo está mirando, agarrones, sí señor, agarrones y de los buenos. Que hagan lo que quieran con ella, treinta hombres. Ojalá tuviera una otra edad para aguantar. Pero no. Duelen las encías. Y las coyunturas, ay, cómo duelen las coyunturas y los huesos y las rodillas en la mañana, qué ganas de quedarse en la cama para siempre, para siempre, y que me cuiden. Con tal que la Japonesita se decida esta noche. Que se la lleve Pancho. Que haga circular su sangre pálida por ese cuerpo de pollo desplumado, sin vello siquiera donde debía tenerlo porque ya es grande, pobre, no sabe lo que se pierde, las manos de Pancho que aprietan mi linda, no seas tonta, no pierdas la vida, y yo que soy tu amiga, yo, la Manuela, voy a ir a bailar para que todo sea alegre como debe ser y no triste como tú porque cuentas peso y peso y no gastas nada... y esa flor que tengo en el pelo. La Manuela avanza a través del patio entallándose el vestido. Tan flaca, por Dios, a nadie le voy a gustar, sobre todo porque tengo el vestido embarrado y las patas embarradas y se quita una hoja de parra que se le pegó en el barro del talón y avanza hasta la luz y antes de entrar escucha oculta detrás de la puerta, mientras se persigna como las grandes artistas antes de salir a la luz.

X

En el fundo El Olivo, a don Céspedes le daban todo el vino que quería, tome nomás don Céspedes que para eso está le repetía el patrón, pero él era sobrio. A veces un vasito antes de echarse a dormir en la revoltura de sacos, entre los barriles de madera curada por cosechas y cosechas de vino. Era del mismo vino que el patrón le vendía a la Japonesita a precio de costo, por pura amistad y para que la pobre chiquilla hiciera un poco de ganancia, pero a nadie más, ni aunque le rogaran. A veces, muy tarde en la noche, cuando don Céspedes no lograba dormir por uno de los dolores que ya nunca abandonaban alguna región de su cuerpo, calzaba sus ojotas y echándose la manta sobre los hombros cruzaba la viña, pasaba el canal de los Palos por el tronco caído de un sauce, atravesaba el límite de zarzamora y alambrado por boquetes conocidos sólo por él, y llegaba a la casa de la Japonesita donde se instalaba silencioso en una de las mesas cerca de la pared, a tomarse una jarra de vino tinto, del mismo que tenía al alcance de su mano en la llavería.

Octavio lo vio entrar. La Japonesita no quería bailar con él, de modo que mientras esperaba que la Lucy y Pancho terminaran su baile llamó a don Céspedes, que se trasladó a su mesa. Octavio iba a preguntarle algo al viejo, pero no lo hizo porque lo vio quedarse tieso en su silla, mirando fijo a un punto preciso de la oscuridad, como si ese punto contuviera el plano detallado de toda la noche.

—Los perros...

—¿Qué dice, don Céspedes?

—Que soltaron los perros en la viña.

Se quedaron escuchando.

—No oigo nada.

—Ni yo tampoco.

—Pero andan. Yo los siento. Ahora van correteando hacia el norte, para el potrero de los Largos, donde están las vacas... y ahora...

Una bandada de queltegües cruzó por encima del pueblo.

—...y ahora vienen corriendo para acá, para la Estación.

La Japonesita y Octavio trataron de penetrar la noche con su atención, pero no pudieron traspasar la canción estridente para lanzarse al campo y recoger de allí la minucia de los ruidos y el soplo de las distancias. Octavio se sirvió un vaso de vino.

—¿Y quién soltó los perros?

—Don Alejandro. Es el único que los suelta.

—¿Y por qué?

—Cuando anda raro... y esta noche andaba raro. Me dijo que se iba a morir, cuando estuvo a conversar conmigo en la llavería esta noche, que un médico le dijo. Cosas raras dijo... que no quedará nada después de él porque todos sus proyectos le fracasaron...

—Futre goloso... ¿Si él, que es millonario, es un fracasado, qué nos deja a nosotros los pobres?

—Apuesto que anda en la viña con ellos.

—¿Y para qué los suelta si no quedó ni un racimo después de la vendimia y nadie va a estar entrándose?

—Quién sabe. A veces entran a otras cosas.

—¿A qué?

—Hay que andar con mucho cuidado con los perros. Son mañosos. Pero a mí no me muerden... Qué me van a estar mordiendo a mí cuando ni carne me queda.

Gris al otro lado de la llama de carburo, cerrado como alguien al que ya nada puede sucederle, la Japonesita lo vio envidiable en su inmunidad. Ni los perros lo mordían. Seguro que ni las pulgas de su jergón lo picaban. Alguien dijo una vez que don Céspedes ni comía ya, que las sirvientas de la casa de don Alejo a veces se acordaban de su existencia y lo buscaban por todas partes, por las bodegas y los galpones, y le llevaban un pan o queso o un plato de comida caliente que él aceptaba. Pero después volvían a olvidarse y ya quién sabe con qué se alimentaba el pobre viejo, durmiendo en sus sacos en cualquier parte dentro de las bodegas, perdido entre los arados y las maquinarias y los fardos de paja y trébol, encima de un montón de papas.

Pancho y la Lucy se sentaron a la mesa.

—Esto parece velorio...

Nadie contestó.

—Anímese pues, compadre, que si no me llevo a la Lucy...

Y miró a la Japonesita para ver cómo reaccionaba: estaba mirando el mismo punto de la oscuridad que don Céspedes. Le tocó un pecho, demasiado pequeño, como una pera pasmada, de esas que se encuentran sin perfume, incomibles, caídas bajo los árboles. Pero los ojos. Retiró la mano se quedó mirando. Dos redomas iluminadas por dentro. Cada ojo brillaba entero tragado por el Iris traslúcido y Pancho sintió que si se inclinaba sobre ellos podría ver, como en un acuario, los jardines submarinos del interior de la Japonesita. No era agradable. Era raro. Si fuera por él la dejaría allí mismo. ¿Pero por qué la iba a dejar? ¿Porque el viejo lo mandó, porque don Alejo le advirtió que no se acercara a ella? Pero si no somos bandidos, don Alejo, somos igual a usted, así es que no nos mire tan en menos, no vaya a creer...

—¿Vamos a bailar, mijita?

La Lucy cerró los ojos y volvió a abrirlos, pero al abrirlos de nuevo no supo cuánto tiempo había transcurrido desde que los cerró ni a qué trozo del tiempo inmenso, estirado, se asomaba ahora. Pasó una bandada de queltegües. ¿Otra vez? ¿O era otra parte de la misma vez que creyó oír hacía rato? Los ladridos de los perros, cercanos algunos, lejanísimos otros, dibujaban las distancias del campo en la noche. Un jinete galopó por un camino, y de pronto la Lucy, que trataba de oír sólo el bolero de la victrola, se enredó en la angustia de no saber quién era ese jinete ni de dónde venía ni para dónde iba y cuánto rato duraría ese galope tenue ahora, muy tenue, pero galopando siempre hacia el interior de sus oídos, hasta quedar clavado allí. Le sonrió a Octavio porque vio que estaba molesto.

—Puchas que está aburrido...

Don Céspedes bostezó y luego se quedó escuchando.

—Ése es el Sultán...

—¿Y cómo conoce a cada uno de los perros?

—Yo se los crío a don Alejo y los conozco desde chicos. Desde que nacen. De veras. Cuando don Alejo ve que alguno de sus perros negros anda mal, que se pone flojo o muy manso o se manca de una mano, nos encerramos, don Alejo y yo, con el perro, y lo mata de un pistoletazo... yo lo sostengo para que le pegue bien el balazo y después lo entierro. Y cuando la perra que guardamos encerrada en el fondo de la huerta está en celo, les damos yohimbina a los perros, y nos encerramos de nuevo, don Alejo y yo, con ellos en el galpón, y los brutos se pelean por la perra, se vuelven locos, quedan heridos a veces, hasta que se la montan y ya está. De los cachorros se deja los mejores, y si ha matado a uno de los grandes se queda con uno nada más, y a los otros los voy a echar yo al canal de los Palos en un saco. Cuatro, le gusta tener siempre cuatro. La señora Blanca se enoja porque hacemos esto, dice que no es natural, pero el caballero se ríe y le dice que no se meta en cosas de hombres. Y los perros, aunque sean otros, se llaman siempre igual, Negus, Sultán, Moro, Otelo, siempre igual desde que don Alejo era chiquillito así de alto nomás, los mismos nombres como si los perros que él matara siguieran viviendo, siempre perfectos los cuatro perros de don Alejandro, feroces le gusta que sean, si no, los mata. Y ahora los soltó en la viña. Claro, el caballero andaba triste...

Mientras don Céspedes hablaba, Pancho y la Japonesita se sentaron y se quedaron oyéndolo.

—¿Qué tiene que ver que esté triste?

—Es que se va a morir...

—¡Hasta cuándo con don Alejo...!

Hasta cuándo. Hasta cuándo. Que se muriera. A él qué le importaba, que se fueran a la mierda él y su digna esposa. ¿Él y su compadre no podían divertirse un rato, entonces, sin oír el nombre de don Alejo, don Alejo? Que doña Blanca se fuera a la mierda, doña Blanca que le había enseñado a leer y que a veces le daba alfeñiques que guardaba en un tarro de té Mazawatte en la despensa. Esa despensa. Hilera tras hilera de frascos de mermeladas con etiquetas blancas escritas con su aguda letra de las monjas que él, Pancho Vega, escribía hasta el día de hoy — Ciruela — Durazno — Damasco — Frambuesa — Guinda — y los frascos llenos de peras en conservas y las cerezas en aguardiente y los damascos flotando en el almíbar amarillo. Y más allá las hileras de moldes de loza blanca en forma de castillo: de manzana o de membrillo, y a la Moniquita siempre le daban la torre del castillo donde el dulce era liso y brillante. Que se fueran a la mierda. La mano de Pancho subía por la pierna de la Japonesita y nadie decía ni una palabra mientras los oídos de la Lucy registraban la noche para descubrir otro jinete que reviviera su miedo. Él había pagado toda la deuda y el camión era suyo. Su camión colorado. Acariciar a su camión colorado y no a la Japonesita con su olor a ropa, y esa bocina ronca el papú habla igual que el papá decía la Normita. Suyo. Más suyo que su mujer. Que su hija. Si quería, podía correrlo por el camino longitudinal que era recto como un cuchillo, esta noche por ejemplo, podía correrlo como un salvaje, tocando la bocina a todo lo que daba, apretando lentamente el acelerador para penetrar hasta el fondo de la noche y de pronto, porque sí, porque don Alejo ya no podía controlarlo, yo daría vuelta al volante un poquito más, doblar apenas las muñecas, pero lo suficiente para que el camión salga del camino, salte y me vuelque y quede como un borrón de fierros humeantes y silenciosos al borde del camino. Si quiero. Si se me antoja, y a nadie tengo que explicarle nada. La pierna de la Japonesita comenzó a entibiarse bajo su mano.

La Japonesita se estaba tomando un vaso de vino. Esperó que la Lucy saliera a bailar con Octavio para empinárselo entero, como a escondidas. Vino. Todos los hombres que venían a su casa tenían olor a vino y todas las cosas sabor a vino. Y durante la vendimia el olor a vino invadía al pueblo entero y después, el resto del año, quedaban los montones de orujo pudriéndose en las puertas de las bodegas. Asco. Ella tiene ese mismo olor a vino, como los hombres, como las putas, como el pueblo. Había tan poco más que hacer que tomar vino. Como la Cloty, que cuando no tenía clientes le decía oye Japonesita apúntame otra botella de tinto del más baratito y se metía en la cama y tomaba y tomaba hasta que al día siguiente amanecía hecha una calamidad, trabajando como mula desde temprano, la nariz colorada y el estómago descompuesto. Pero a mi madre jamás le sentí olor a vino. Y la Japonesa Grande era buena para el frasco, eso lo sabían hasta las piedras. Olía a jabón Flores de Pravia aunque en el salón hubiera bebido litros de vino, y entonces mi mamá se prendía como una antorcha y no había quién la hiciera dejar de hablar y de reírse y de bailar. ¿Cómo lo haría? Su calor llenaba la cama cuando caía a la cama y ella la tenía que desvestir, ella o la Manuela. Hasta la tumba en que la acostaron en el cementerio de San Alfonso debía estar caliente y ella ya no volvería a sentir nunca más ese calor. Sólo la mano de Pancho abandonada sobre su muslo porque se estaba quedando dormido mientras miraba a la Lucy bailando pegada a Octavio. Pero Pancho estaba borracho. Como todos los hombres que nació viendo en esta casa. Y jugó entre pantalones debajo de las mesas mientras ellos bebían, oyendo improperios y oliendo sus vómitos en el patio, jugando entre las sábanas sucias apiladas junto a la artesa, esas sábanas en que esos hombres habían dormido con esas mujeres. Pero si la mano de Pancho lograba encenderla como a su madre, entonces podría descansar de todo, su padre se lo dijo. ¿Quién era esa sombra que contaba los pesos para nada? La mano que avanzaba por su muslo se lo iba diciendo porque ahora no le tenía miedo y la Manuela se lo había dicho, le había preguntado quién eres, y la mano que remontaba su muslo mientras el hombre a quien pertenecía bostezaba podía darle la respuesta, esa mano que era la repetición de la mano de los hombres que siempre habían venido a esta casa, quería encenderla, ese pulgar romo de uña comida, sí, lo vi, esos dedos cubiertos de vello y la uña cuadrada avanzando y ella no quería pero ahora sí, sí, para saber quién eres Japonesita, ahora lo sabrás y esa mano y ese calor de su cuerpo pesado y entonces, aunque él se vaya, quedará algo siquiera de esta noche...

—Puchas que está aburrido esto...

Después vio al viejo al frente.

—¿No es cierto don Céspedes?

Él sonrió.

—Oye Octavio, vámonos a otra parte...

Don Céspedes le preguntó:

—¿Por qué?

—Aquí no hay ambiente.

Sólo entonces se dio cuenta que Octavio ya no estaba.

—¿Qué se hizo mi compadre?

—Hace rato que pasó para adentro con la Lucy.

Entonces sentó a la Japonesita en sus rodillas.

—Peor es mascar lauchas.

Pero como ella se quedó tiesa, Pancho le dio un empellón que casi la botó al suelo.

—Estoy cabreado.

Comenzó a circular entre las mesas.

—¡Porquería de casa de putas! Ni putas hay. ¿Y las otras chiquillas? Y la victrola afónica. No hay ni qué echarle al buche. ¿A ver? Pan: añejo. Fiambres... puf, medio podridos. ¿Y esto? Dulces cargados de moscas del tiempo de mi abuela. Ya Japonesita, báilame siquiera. Empelótate. Qué, si eres más tiesa que un palo de escoba, qué vai a bailar. No como tu madre, guatona era, pero harto graciosa la tonta. Y como la Manuela dicen...

Los mismos ojos. Se acordaba del año pasado de los ojos de la Manuela mirándolo y él mirando los ojos aterrados, iluminados entre sus manos que le apretaban el cuello y los ojos mirándolo como redomas lúcidas con la certeza de que él iba a ahogar ese paisaje de terror en las mareas de adentro. Se quedó parado.

—¿Y la Manuela?

La Japonesita no contestó.

—¿Y la Manuela, te digo?

—Mi papá está acostado.

—Que venga.

—No puede. Está enfermo.

La agarró de los hombros y la zarandeó.

—¡Qué va a estar enferma esa puta vieja! ¿Crees

que vine a ver tu cara de conejo resfriado? No, vine a ver a la Manuela, a eso vine. Ya te digo. Anda a llamarla. Que me venga a bailar.

—Suéltame.

Pancho tenía las cejas fruncidas, los ojos peludos, confundidos, colorados, casi ciegos de rabia. Que venga. Me quiero reír. No puede ser todo así tan triste, este pueblo que don Alejo va a echar abajo y que va a arar, rodeado de las viñas que van a tragárselo, y esta noche voy a tener que ir a dormir a mi casa con mi mujer y no quiero, quiero divertirme, esa loca de la Manuela que venga a salvarnos, tiene que ser posible algo que no sea esto, que venga.

—La Manuela...

—Bruto. Déjame.

—Que venga, te digo.

—Te digo que mi papá no puede.

—Don Alejo es tu papá. Y el mío.

Pero le miró los ojos.

—No es cierto. La Manuela es tu papá.

—No le digas la Manuela.

Pancho lanzó una carcajada.

—¿A estas alturas, mijita?

—No le digas la Manuela.

XI

—¿Por qué no?

Avanzó hasta el centro del salón.

—Pónganme *El relicario*, chiquillos.

Con el talle quebrado, un brazo en alto, chasqueando los dedos, circuló en el espacio vacío del centro, perseguida por su cola colorada hecha jirones y salpicada de barro. Aplaudiendo, Pancho se acercó para tratar de besarla y abrazarla riéndose a carcajadas de esta loca patuleca, de este maricón arrugado como una pasa, gritando que sí, mi alma, que ahora sí que iba a comenzar la fiesta de veras... pero la Manuela se le escabullía, chasqueando los dedos, circulando orgullosa entre las mesas antes de entregarse al baile. La Japonesita se le acercó para tratar de impedirlo. Antes de que Pancho la despidiera de una manotada, alcanzó a murmurar:

—Váyanse para adentro...

—Ay chiquilla lesa, hasta cuándo voy a tener que aguantarte. Ándate tú si querís. ¿No es cierto, Pancho? Estái aguando la fiesta.

—Sí, que se vaya...

Y se dejó caer en una silla. Desde ahí Pancho siguió gritando que ahora sí que iba a comenzar lo bueno, que por qué había tan poca gente, que trajeran vino, pasteles, un asado, todo le que hubiera, que él pagaba todo para celebrar... la Lucy, mijita, siéntese aquí y usted compadre dónde se me había metido que me dejó solo en este velorio venga para acá y don Céspedes no tenga miedo mire que allá tan lejos le va a dar frío y una puta acudió llamada por tanto ruido y se sentó sola en otra mesa y avivó la llama del chonchón y la Cloty se puso al lado de la victrola para cambiar los discos mirando a la Manuela con los ojos que se le saltaban.

—Por Diosito santo, la veterana esta...

En Talca le habían hablado a la Cloty de estos bailes de la Manuela, pero cómo iba a creer, tan vieja la loca. Tenía ganas de ver. Encendieron dos chonchones en las mesas alrededor de la pista y entonces Pancho vio por fin los ojos de la Manuela iluminados enteros, redomas, como se acordaba de ellos entre sus manos y los ojos de la Japonesita iluminados enteros y tomó un trago largo, el más largo de la noche porque no quería ver y le sirvió más tinto a Pancho, y a la Lucy, que tomen todos, aquí pago yo. Le tomó la cabeza a la Manuela y la obligó a tomarse un trago largo como el suyo y la Manuela se limpió la boca con el dorso de la mano. La Lucy se quedó dormida. Don Céspedes miraba a la Manuela pero como si no la viera.

—Échale nomás Manuelita de mi alma, échale... que sea buena mi fiesta de despedida. Y a ustedes los van a borrar todos, así fzzzzz... soplándolos, ustedes saben quién. Don Céspedes, usted sabe que don Alejo los va a borrar a todos estos huevones porque le dio la real gana...

En los campos que rodeaban al pueblo el trazado de las viñas, esa noche bajo la luna, era perfecto: don Céspedes, con los ojos abiertos, lo veía. El achurado regular, el ordenamiento que situaba al caserío de murallones derruidos, la tendalera de este lugar que las viñas iban a borrar — y esta casa, este pequeño punto donde ellos, juntos, golpeaban la noche como una roca: la Manuela con su vestido incandescente en el centro tiene que divertirlos y matarles el tiempo peligroso y vivo que quería engullirlos, la Manuela enloquecida en la pista: aplaudan. Marcan el ritmo con sus tacos en el suelo de tierra, palmotean las mesas rengas donde vacilan los chonchones. La Cloty cambia el disco.

Pancho, de pronto, se ha callado mirando a la Manuela. A eso que baila allí en el centro, ajado, enloquecido, con la respiración arrítmica, todo cuencas, oquedades, sombras quebradas, eso que se va a morir a pesar de las exclamaciones que lanza, eso increíblemente asqueroso y que increíblemente es fiesta, eso está bailando para él, él sabe que desea tocarlo y acariciarlo, desea que ese retorcerse no sea sólo allá en el centro sino contra su piel, y Pancho se deja mirar y acariciar desde allá... el viejo maricón que baila para él y él se deja bailar y que ya no da risa porque es como si él, también, estuviera anhelando. Que Octavio no sepa. No se dé cuenta. Que nadie se dé cuenta. Que no lo vean dejándose tocar y sobar por las contorsiones y las manos histéricas de la Manuela que no lo tocan, dejándose sí, pero desde aquí desde la silla donde está sentado nadie ve lo que le sucede debajo de la mesa, pero que no puede ser no puede ser y toma una mano dormida de la Lucy y la pone allí, donde arde. El baile de la Manuela lo soba y él quisiera agarrarla así, así, hasta quebrarla, ese cuerpo olisco agitándose en sus brazos y yo con la Manuela que se agita, apretando para que no se mueva tanto, para que se quede tranquila, apretándola, hasta que me mire con esos ojos de redoma aterrados y hundiendo en sus vísceras babosas y calientes para jugar con ellas, dejarla allí tendida, inofensiva, muerta: una cosa.

Entonces Pancho se rió. Si era hombre tenía que ser capaz de sentirlo todo, aun esto, y nadie, ni Octavio ni ninguno de sus amigos se extrañaría. Esto era fiesta. Farra. Maricones de casas de putas había conocido demasiados en su vida como para asustarse de esta vieja ridícula, y siempre se enamoraban de él — se tocó los bíceps, se tocó el vello áspero que le crecía en la abertura de la camisa en el cuello. Se había tranquilizado bajo la mano de la Lucy.

La música paró.

—Se echó a perder la victrola.

Octavio fue a tratar de arreglarla. En un dos por tres desarmó el aparato sobre el mostrador mientras la Lucy y la Japonesita lo miraban. Parecía que no iba a volver a funcionar. La Manuela, sentada en la falda de Pancho, le dio un vaso de vino. Le rogaba que se fueran de aquí, no, no, que se fueran los tres a seguir la fiesta a otra parte. Qué estaban haciendo aquí. Perdiendo el tiempo, aburriéndose, comiendo y tomando mal. Hasta la victrola se había descompuesto y quién sabe si alguien alguna vez pudiera llegar a arreglarla. Ya ni fabricaban esos aparatos antediluvianos, vamos, por favor vamos. En el camión podían ir a seguir la fiesta a cualquier parte, en un rato estarían en Talca y allí, en la casa de la Pecho de Palo, la fiesta seguía toda la noche, todas las noches... ya, vamos mijito, llévenme que tengo el diablo en el cuerpo. Me estoy muriendo de aburrimiento en este pueblo y yo no quiero morirme debajo de una muralla de adobe desplomada, yo tengo derecho a ver un poco de luz yo que nunca he salido de este hoyo, porque me engañaron para que me quedara aquí diciéndome que la Japonesita es hija mía, y tú ves, qué hija voy a tener yo, cuando somos casi de la misma edad la Japonesita y yo, dos chiquillas. Llévame de aquí. Dicen que en la casa de la Pecho de Palo preparan asado a esta hora y siempre tienen algo bueno que comer, hasta patos si los clientes piden, y hay cantoras, no sé si las hermanas Farías, no creo, porque estarían más viejas que una, otras, pero da lo mismo, tan animadas para el arpa y la guitarra que eran las hermanas Farías, que en paz descansen. Ya vamos, llévame, mira que esta chiquilla mala le dice a todo el mundo que es hija mía para obligarme a quedarme, vieras cómo me trata, como a una china siendo que soy su madre, y no me deja salir nada más que a misa y donde la Ludo. Yo me quiero ir con ustedes, chiquillos, a seguir la fiesta a otra parte por ahí donde esté divertido y podamos reírnos un rato...

—Está jodida.

—¿Qué le pasó?

—Se le rompió el resorte.

—Oiga compadre, déjela nomás y nos vamos a otra parte.

—¿A dónde?

—Mire a don Céspedes, parece momia. Despierta, viejo...

—Vámonos donde la Pecho de Palo...

Discutieron un rato y le pagaron a la Japonesita.

—¿A dónde van a ir?

—¿Qué te importa, pejerrey fiambre?

—¿Dónde va a ir, papá?

—¿A quién le hablas?

—No se haga el tonto.

—¿Quién eres tú para mandarme?

—Su hija.

La Manuela vio que la Japonesita lo dijo con mala intención, para estropearlo todo y recordárselo a ellos. Pero miró a Pancho, y juntos lanzaron unas carcajadas que casi apagaron los chonchones.

—Claro, soy tu mamá.

—No. Mi papá.

Pero ya iban saliendo, la Manuela, Pancho y Octavio, abrazados y dando traspiés. La Manuela cantaba *El relicario*, coreado por los otros. Era tan clara la noche que los muros lanzaban sombras perfectamente nítidas sobre los charcos. La maleza crecía junto a la vereda y las hojas eternamente repetidas de las zarzamoras cubrían las masas de las cosas con su grafismo preciso, obsesivo, maniático, repetido, minucioso. Caminaron hacia el camión estacionado en la esquina. Iban uno a cada lado de la Manuela, agarrando su cintura. La Manuela se inclinó hacia Pancho y trató de besarlo en la boca mientras reía. Octavio lo vio y soltó a la Manuela.

—Ya pues compadre, no sea maricón usted también...

Pancho también soltó a la Manuela.

—Si no hice nada...

—No me vengas con cuestiones, yo vi...

Pancho tuvo miedo.

—Qué me voy a dejar besar por este maricón asqueroso, está loco, compadre, qué me voy a dejar hacer una cosa así. A ver Manuela, ¿me besaste?

La Manuela no contestó. Siempre pasaba cuando había un hombre tonto como el tal Octavio, que maldito lo que tenía que ver con el asunto y mejor sería que se largara. Comenzó a zamarrearlo.

—Quiubo, maricón, contesta.

Pancho se cuadró amenazante frente a la Manuela.

—A ver.

Tenía la mano empuñada.

—No sean tontos, chiquillos, sigamos la fiesta mejor.

—¿Lo besaste o no lo besaste?

—Pura broma...

Pancho le pegó un golpe en la cara mientras Octavio la sujetaba. No fue un golpe certero porque Pancho estaba borracho. La Manuela miraba hacia todos lados calculando el momento para huir.

—Una cosa es andar de farra y revolverla, pero otra cosa es que me vengái a besar la cara...

—No. Me duele...

Parada en el barro de la calzada mientras Octavio la paralizaba retorciéndole el brazo, la Manuela despertó. No era la Manuela. Era él Manuel González Astica.

Él. Y porque era él iban a hacerle daño y Manuel González Astica sintió terror.

Pancho le dio un empujón que lo hizo tambalear. Octavio, al soltarlo, dio un traspiés y cayó en el lodo mientras Pancho se inclinaba para ayudarlo a incorporarse. Y la Manuela, recogiéndose las faldas hasta la cintura, salió huyendo hacia la estación. Como conocía tan bien la calle evitaba los hoyos y las piedras mientras los perseguidores tropezaban a cada paso. Quizás lo perderían de vista. Tenía que correr hacia allá, hacia la estación, hacia el fundo El Olivo porque más allá del límite lo esperaba don Alejo, que era el único que podía salvarlo. Le dolía el bofetón en la cara, los tobillos endebles, los pies desnudos que se cortaban en las piedras o en un trozo de vidrio o de lata, pero tenía que seguir corriendo porque don Alejo le prometió que le iba a ir bien, que le convenía, que nunca más iba a sentir el peso de lo que sentía antes si se quedaba aquí donde estaba él, era promesa, juramento casi, y se había quedado y ahora lo venían persiguiendo para matarlo. Don Alejo, don Alejo. Él puede ayudarme. Una palabra suya basta para que estos rotos se den a la razón porque sólo a mí me tienen miedo. Al fundo El Olivo. Cruzar la viña como don Céspedes y decirle que estos hombres malos primero tratan de aprovecharse de una y después... Decirle por favor defiéndame del miedo usted me prometió que nunca me iba a pasar nada que siempre iba a protegerme y por eso me quedé en este pueblo y ahora tiene que cumplir su promesa de defenderme y sanarme y consolarme, nunca antes se lo había pedido ni le había cobrado su palabra pero ahora sí, sólo usted, sólo usted... no se haga el sordo don Alejo ahora que me quieren matar y que voy corriendo a buscar lo que usted me prometió... por aquí, por la zarza detrás del galpón como un zorro para que don Alejo que tiene escopeta me defienda. Usted puede matar a este par de rotos sin que nadie diga nada, al fin y al cabo usted es el señor y lo puede todo y después se arregla con los carabineros.

Cruza el alambrado cubierto de zarzamora sin ver que las púas destrozan su vestido. Y se agazapó al otro lado, junto al canal. Más allá está la viña: la corriente sucia lo separa de la ordenación de las viñas. Tiene que cruzar. Don Alejo lo espera. Las casas de El Olivo rodeadas de encinas con un pino alto como un campanario allá donde convergen las viñas, esperándolo, don Alejo esperándolo con sus ojos celestes. Debe descansar un poco. Escucha. Ya no vienen. No puede seguir. Se echa en el pasto. Nada, ni un ruido: hasta los ruidos naturales de la noche se han detenido. La Manuela aceza, ya no tienes edad para estos trotes le diría la Ludovinia y era cierto, cierto porque le duele todo — ay, la espalda, cómo le duele, y las piernas y de pronto el frío de la noche entera, de las hojas y el pasto y el agua a sus pies, si sólo pudiera cruzar este río, pero cómo, cómo si apenas se puede mover, desparramado en el suelo.

—Mijita linda...

—Ahora sí que va a llegarte.

—No... no...

No alcanzó a moverse antes que los hombres brotados de la zarzamora se abalanzaran sobre él como hambrientos. Octavio, o quizás fuera Pancho el primero, azotándolo con los puños... tal vez no fueran ellos sino otros hombres que penetraron la mora y lo encontraron y se lanzaron sobre él y lo patearon y le pegaron y lo retorcieron, jadeando sobre él, los cuerpos calientes retorciéndose sobre la Manuela que ya no podía ni gritar, los cuerpos pesados, rígidos, los tres una sola masa viscosa retorciéndose como un animal fantástico de tres cabezas y múltiples extremidades heridas e hirientes, unidos los tres por el vómito y el calor y el dolor allí en el pasto, buscando quién es el culpable, castigándolo, castigándola, castigándose deleitados hasta en el fondo de la confusión dolorosa, el cuerpo endeble de la Manuela que ya no resiste, quiebra bajo el peso, ya no puede ni aullar de dolor, bocas calientes, manos calientes, cuerpos babientos y duros hiriendo el suyo y que ríen y que insultan y que buscan romper y quebrar y destrozar y reconocer ese monstruo de tres cuerpos retorciéndose, hasta que ya no queda nada y la Manuela apenas ve, apenas oye, apenas siente, ve, no, no ve, y ellos se escabullen a través de la mora y queda ella sola junto al río que la separa de las viñas donde don Alejo espera benevolente.

XII

—Ése es el Sultán.

—Después otro ladrido más lejos.

—Ése es el Moro. A ése le gusta quedarse tendido en la noche al lado de la pared de la herrería, que se calienta con el sol y guarda el calor… pero hoy no hubo sol. Quién sabe por qué andará el Moro por ese lado.

La Japonesita se había sentado frente a don Céspedes al otro lado de la llama de carburo, que iba achicándose. La achicó hasta dejarla convertida apenas en un punto en el pico del chonchón. Ella también oía a los perros. Anoche ella y la Manuela estuvieron oyéndolos y casi no pudieron dormir, pero ahora era distinto. Es que después de la lluvia el cielo se había despejado sobre la luna redonda y los perros le aullaban interminablemente, como si le hablaran o le pidieran algo o le cantaran, y como la luna no los oía porque quedaba demasiado lejos los perros de don Alejo seguían aullándole.

—Ése es el Sultán otra vez.

Todos se habían ido a acostar. La Cloty le dejó la victrola en la mesa frente a don Céspedes que siguió desatornillando, abriendo, cortando con un cuchillo de cocina con mango de madera grasienta. Ya no fabrican repuestos para esta clase de aparatos. Mejor que la tires al canal. No sirve para nada.

—Pero no podemos quedarnos sin victrola.

—Falta poco para que pongan electricidad.

—Ya no. Don Alejo me vino a decir hoy.

Don Céspedes se hundió en la silla, más chico que nunca. Hizo a un lado el desorden de ruedecillas gastadas, de tornillos, tuercas, golillas y acercó su copa. Estaba casi vacía. Apenas un par de dedos colorados, en el fondo, donde se multiplicaba la llama del chonchón.

—Parece de esas cuestiones que hay en las iglesias.

—¿Qué cuestiones, hija?

—Esas cosas coloradas con luz adentro.

Mejor volver al fundo. Don Céspedes se tomó esa gota. Ya era tarde. O tal vez no lo fuera, porque el tiempo tenía esta extraña facultad de estirarse, hoy parecía corto, mañana larguísimo, y uno nunca sabía en qué parte de la noche se encontraba.

—Mañana voy a Talca a comprar otra.

—¿Qué cosa?

—Otra victrola. En una de esas casas donde venden cosas de segunda mano, porque en las tiendas del centro no voy a encontrar de estas victrolas de manivela. Ésta era de mi mamá. Yo sé dónde hay una casa donde venden cuestiones de segunda mano y no son nadita de careros. El caballero dueño, creo que alguien lo trajo para acá para la casa una noche. A ver si me hace precio.

—El Negus... no, el Otelo...

Se quedaron oyendo. Ahora, a la Japonesita no le costó nada dibujar todo el campo dentro de su imaginación, como si de pronto hubiera adquirido, igual que don Céspedes, la facultad de desplegar ese campo como una alfombra para que la ocuparan entera por dentro.

—Están inquietos esta noche.

Es que hay luna, se dijo la Japonesita, o lo diría en voz alta, o tal vez don Céspedes inclinado sobre el brasero lo diría, o tal vez sólo lo pensara y ella lo sintió.

—¿Y para que los sueltan?

—Es que anda raro el patrón. Anoche no se acostó. Anduvo paseándose toda la noche por el corredor y debajo de la encina. Yo anduve mirándolo desde la llavería por si se le ofreciera algo, tú sabes lo mala que es la gente y hay tanta gente que se la tiene jurada al patrón. Ahí me quedé sin que él me viera, y él paseándose y paseándose y paseándose, mirándolo todo como si quisiera grabárselo, como con hambre diría yo, hasta que cuando ya iba a comenzar a amanecer salió Misia Blanca y le dijo por qué no te vienes a acostar y entonces, antes de seguirla, soltó a los perros en la viña.

—Claro. Fue al amanecer cuando ladraron.

—Quién sabe qué le pasará.

—Estará preocupado con los irrespetuosos como Pancho...

—No, esto fue ayer.

—Igual. La gente ya no es como antes.

—No. No es como antes.

El viejo bostezó. Y bostezó la Japonesita. Mañana iba a ir a Talca. Como todos los lunes. Ahora no tenía la posibilidad de fantasear con el Wurlitzer. Mejor. Ser como don Céspedes que no fantaseaba con nada, vigilando por si sucedía algo, atento, oculto en la sombra. Atenta, nada más, pero nada de Wurlitzers. Sólo la victrola de segunda mano para reponer ésta que rompió Pancho Vega. No, no la rompió Pancho. Se había ido. No iba a volver nunca más. Menos mal: dejaba pura tranquilidad, nada de esperanzas, que era mejor que la tranquilidad, aquí en la Estación El Olivo, hasta que le pasaran el arado por encima a todo el pueblo. Menos a su casa. Porque dijera lo que dijera don Alejo ella no la iba a vender. No señor. Que hiciera lo que se le antojara con el resto del pueblo pero yo me quedo aquí, aquí donde estoy. Aunque viniera cada vez menos gente, todo concluyéndose. Las cosas que terminan dan paz y las cosas que no cambian comienzan a concluirse, están siempre concluyéndose. Lo terrible es la esperanza. Voy a ir a Talca como todos los lunes a depositar en el Banco. Y voy a volver después del almuerzo con las compras para la semana, lo de siempre, azúcar, mate, fideos, sal, ají de color, lo de siempre.

Don Céspedes se puso de pie, escuchando. La Japonesita recogía los tornillos, las ruedecitas, el resorte roto y lo ató todo dentro de su pañuelo para guardarlo. Quién sabe si se podía ofrecer necesitarlos...

—Me tengo que ir.

—¿Por qué?

—Tengo que ir a ver. Están ladrando mucho.

La Japonesita le sonrió.

—¿Cuánto es?

—Trescientos.

Don Céspedes pagó. Ella guardó el dinero. Ella lo sabía todo, lo veía todo, todo lo que necesitaba ver y saber. Esta casa. En las paredes de adobe pardo anidaban las arañas en pequeños hoyos tapizados en una baba blanquizca.

—¿Y la Manuela?

La Japonesita se alzó de hombros.

—¿No le irá a pasar nada?

—Qué le va a pasar.

—Está viejo.

Viejo estará pero cada día más aficionado a la farra. ¿No lo vio salir con Pancho y con Octavio? Agarró fiesta. Le entró el diablo al cuerpo. Lo conozco. Me ha hecho esto otras veces. Los hombres le convidan trago, él baila, se vuelve loco y sale de fiesta con ellos por ahí... es que se le calienta la jeta con el vino y van a Talca y a veces más lejos. Uno de estos días le va a pasar algo, eso me digo todas las veces, pero siempre vuelve. Después de tres o cuatro días. A veces después de una semana en que ha andado por ahí en las casas de putas de otros pueblos donde lo conocen, triunfando como dice él, y llega de vuelta aquí con un ojo en tinta o con un par de costillas quebradas cuando los hombres le pegan por maricón cuando andan borrachos. ¡Qué me voy a preocupar! Si tiene siete vidas como los gatos. Estoy aburrida de que pase esto. Y con lo bueno que es el tal Pancho Vega para la farra tienen por lo menos una semana para andar por ahí. Los carabineros lo conocen y no dicen nada y me lo traen de vuelta calladitos y yo les convido unos tragos y aquí no ha pasado nada. Pero puede ser que haya algún carabinero nuevo, de esos pesados que se les pone la idea y no sueltan. Y después, un par de semanas en cama yo tengo que cuidarlo. Llorando todo el tiempo, diciendo que se va a morir, que ya no está para estas cosas, que lo perdone, que nunca más, y dice que va a botar su vestido de española que usted vio, es un estropajo, pero no lo bota y lo guarda en su maleta. Y después con la canción de que los hombres aquí, que los hombres allá, que son todos malos porque le pegan y se ríen de él y entonces mi papá llora y dice qué destino éste el mío y me dice que qué sería de él sin su hijita del corazón, su único apoyo, que no lo abandone nunca. ¡Por Dios, don Céspedes! ¡Viera cómo llora! ¡Si parte el alma! Claro que después de unos meses vuelve a salir por ahí y se me pierde otra vez. Ahora hacía más de un año que no salía. Yo creía que ya no iba a salir más porque está tan averiado el pobre, pero usted ve lo que pasó...

Don Céspedes estaba escuchando otra cosa.

—¿Qué?

La Japonesita lo escudriña, tratando de adivinar qué escucha.

—No, nada, don Céspedes...

Lo acompañó hasta la puerta. La abrió muy poco, casi nada, apenas una ranura para que se escurriera don Céspedes y se colara un poco de viento y de estrellas que la hicieron arrebozarse en su chal rosado. Entonces cerró la puerta con la tranca. Sobándose las manos caminó entre las mesas apagando, uno por uno, todos los chonchones.

—...tres, y cuatro...

Les ha dicho que no le gusta que enciendan tantos chonchones cuando hay poca gente, no sale negocio. Y el aire queda manchado con la fetidez del carburo. Claro que el baile... en fin. Salió al patio. No sabe qué hora es, pero esos perros endemoniados siguen ladrando allá en la viña. Deben ser cerca de las cinco porque oye llorar a la Nelly y la Nelly siempre llora un poco antes de la madrugada. Entró en su pieza y se metió en su cama sin siquiera encender una vela.

TÍTULOS DISPONIBLES

EL NARANJO
Carlos Fuentes
0-679-76096-2

ARRÁNCAME LA VIDA
Ángeles Mastretta
0-679-76100-4

LA TABLA DE FLANDES
Arturo Pérez-Reverte
0-679-76090-3

LA TREGUA
Mario Benedetti
0-679-76095-4

LAS ARMAS SECRETAS
Julio Cortázar
0-679-76099-7

EL DISPARO DE ARGÓN
Juan Villoro
0-679-76093-8

EL DESORDEN DE TU NOMBRE
Juan José Millás
0-679-76091-1

LOS BUSCADORES DE ORO
Augusto Monterroso
0-679-76098-9

EL FANTASMA IMPERFECTO
Juan Martini
0-679-76097-0

EL FISCAL
Augusto Roa Bastos
0-679-76092-X

CUANDO YA NO IMPORTE
Juan Carlos Onetti
0-679-76094-6

NEN, LA INÚTIL
Ignacio Solares
0-679-76116-0

El lugar sin límites terminó de imprimirse en septiembre de 1995 en Litográfica Ingramex, S.A. de C.V. Centeno 162, Col. Granjas Esmeralda, 09810, México, D.F.